中公文庫

新装版

クレィドゥ・ザ・スカイ

Cradle the Sky

森　博嗣

中央公論新社

クレイドゥ・ザ・スカイ

Cradle the Sky

MORI Hiroshi

森博嗣

どこまでもはてしなく、
リズムとともに続くブルー。
見ろ、これが僕たちの場所。

どこまでも細く、
蛇のようにうねるスモーク。
そう、あれが僕たちの墓。

太陽に彩られたエッジ、
切り込んでいくウィング。
落ち着かない空気がジルバを踊る。
光り、震え、揺れ、鳴り、叫ぶ。

すべてが纏いつき、
すべてが剥がれていき。

美しさも醜さも、
眩しさに色を失い、
区別できない、なにものも。

それでも、
目を閉じるな。

真っ白な光の中に、
お前が撃ち込むものがいる。

必ずいる。

いつでもいる。

どこかにいる。

目を閉じるな。
眠ってはいけない。

今までに見たことがない美しい
翼がきっと一瞬だけ現れる。
これまでに思ったこともない美しい
ループを描くだろう。

その一番美しいものこそ、
お前の敵だ。

contents
目次

prologue
プロローグ —— 11

episode 1: avalanche
第1話 アバランシュ —— 29

episode 2: inverted
第2話 インバーテッド —— 105

episode 3: humpty bump
第3話 ハンプティ・バンプ —— 181

episode 4: duralumin
第4話 ジュラルミン —— 255

epilogue
エピローグ —— 327

解説 押井 守 —— 343

巻末インタビュー『クレィドゥ・ザ・スカイ』について
森 博嗣(インタビュア:清涼院流水) —— 349

Cradle the Sky

Dolly's soft face hollowed; an urge to go to Verena was rising, at the same moment some sense of self, a deeper will, held her. Regretfully she gazed at me. "It's better you know it now, Collin; you shouldn't have to wait until you're as old as I am: the world is a bad place."

(THE GRASS HARP / Truman Capote)

クレィドゥ・ザ・スカイ

　ドリーの柔和な顔が虚《うつ》ろになっていた。ヴェリーナの許《もと》に行ってやりたいという気持、同時に、自我意識というか、より深い意志がその気持を抑えているようだった。彼女はいかにも残念そうに僕を見つめた。「コリン、いまこの機会に知っておいた方がいいわ。わたしみたいに年をとらないうちにね。世界は悪いところ、いやなところなのよ」

（草の竪琴／トルーマン・カポーティ）

prologue

プロローグ

いつでも僕の目の前には、落ちてこない天井があって、その向こう側に広がっているはずの空を遮《さえぎ》っている。僕がいるこちら側、このちっぽけな空間を、そいつはずいぶん昔からすっかり包み込んで、まるで自分のものみたいにしているのだ。そうだ、遮っているものは、動かない。動かないことで自分の力を主張しているかのようで、けれども、そっと静かに、ときどき囁《ささや》くように繰り返される言葉が、何故《なぜ》か聞こえてくる。

誰だ？

良い子ね、良い子ね、そう、なんて良い子なの、可愛い、私のものよ、笑って、お願い、なんて愛らしい、綺麗な瞳なの、素敵な口なの、滑らかな頬、お願い、笑って、可愛い子、ずっと私のものよ……。

いつまでも、どこまでも、繰り返す声。

耳もとで囁いているのは、誰だ？

そして、その声がしだいに掠《かす》れ、二重にぼやけ、息遣いだけになって、やがては空気の微動だけが、そのリズムだけが、浜辺に寄せる波のように、細かい白い泡となって砂の間へと沈んでいくように、消えて失って、忘れて忘れられて、あとには恐いほど綺麗な平坦さがただ残る。

砂だ。

僕の周りに堆積している、この平坦さは、砂か。

きっと、細かい砂。

もっと、細かい砂。

言葉だって砂だ。染み込んで、たちまち消えてしまう。無数に積もり積もって、平坦になって。そう、どんな言葉だって、煙より早く消えてなくなってしまう。なにもなかったみたいに知らん顔の砂丘になる。ただ、それでも、言葉はまだ少しだけ優しい。躰《からだ》に触れられたときの冷たさに比べれば、ずっと優しい。言葉を聞いているうちは、それが耳に残っているうちは、機銃だって黙っていられるだろう。

「だ、だ、だ」

右手の親指が優しく触れて、次の瞬間には、その指以外、腕のすべての筋肉が緊張し、引き裂くように操縦桿を倒す。

左へ横転、背面に入れ。

さらにアップ、即座にダウンへ戻し。

背面のまま上昇へ。

宇宙へ吸い込まれていくみたいに。

どこまでも、駆け上る。

思考が引き裂かれるまで。

僕の躰は七面鳥みたいにベルトに締めつけられて、血は止まり、呼吸は飛んで、少しずつ空は赤く染まって、そして、同時に綿《わた》のような暗闇に包まれていく。

「いいのよ、大丈夫」

女の声。誰だ？

暖かい声。

でも、遠い。

人間のすべてが遠い。

僕からは、遠くて、届かない。

キャノピィに触れたときの冷たさが、きっと、その証《あかし》。

みんなから、そう、みんなのいる街という名の場所から、僕は離れていく。基地を飛び立ったときから、すべては、もう遠い場所、ずっとずっと遠い過去になる。一人だけで、ここへ上がってきた。

たった一人。

僕と。

空だ。

存在するすべての暖かさは、もう僕からは剝がれ落ちて。

つまり、生きていない、というコンディションと同じ。

それなのに、笑える。

生きていないって？

生きていなかったら、どうしてこんな馬鹿を考える？

もしかしたら、死んでも考えるものだろうか。

待てよ……。

そもそも、僕は何だ？

そう、それは問題。

ここは、どこだ？

僕は人間なのか？

ここは、地球か？

僕は誰だったっけ？

昔のことは覚えていない。未来のことも知らない。今は、たしかにここにある。僕は僕を触ることができる。きっとできるはず。飛行機だって僕の躰のように動く。

でも……、

僕は誰だ？

目を開ければ、それを思い出せるような気が、なんとなくした。真空中を飛ぶ電子のように、一瞬だけ感じた。たぶん、今は、目を瞑《つむ》っている。白い光しか見えないじゃないか。だけど、目を開けた途端に、暗い天井があったら、嫌だな。それに比べれば、この真っ白な明るさの方がまし。この広さの方がまだ素敵だ。僕が誰なのかなんて、そんなことどうだって良いじゃないか。そう、どのみち、僕は僕なのだ。僕が誰かなんて、それは、僕以外に誰が存在するのか、ということと同じくらい馬鹿馬鹿しい。周囲に誰もいなければ、僕は誰であるかなんて、無意味だ。

目を瞑っていさえすれば、こんなに愉快なことが考えられる。

たとえば、僕は胎児で、まだ生まれていないのかもしれない。近くに女の気配があるのは、きっとそのせいかも。この真っ白な世界は、母親なのだ。

「そうか、だから、天井があんなに暗かったのか」

自分が誰なのか、思い出せなくて当然。まだ、僕は誰でもない。誰になるのか、決まっていないというわけ。

面白いな。

どこへ生まれ落ちるのだろう？

誰になるのだろう？

それにしても、心地良いこの浮遊感はどうだ。

どうして、こんなに気持ちが良いのだろう。

不思議だ。こんなに気持ちが良い場所から、何故みんなは出ていったのか。生まれていったばかりに、きっと酷《ひど》い目に遭《あ》っているにちがいない。そんな予感がするよ。外には沢山の苦しいこと、酷く醜いことが待ち受けていて、周囲から突かれ、叩かれ、オイルみたいに汚れていくしかない、そんな人生。

それが生きること、生き延びること。

なのに、しがみつくように生きようとする理由は、何だ？

どうして生き延びようとする？

まだ生まれていない僕がいうのも変な話だけれど、全然意味がないよ、そんなの。違うか？ 生まれていないからこそ、冷静にそれがわかる。生まれてしまったら、たぶんもう遅い。もう生きるしかなくなってしまう。

とにかく、大事に大事に自分を両手で包んで、これだけは壊さないで、これだけは見逃して、と泣いてお願いしながら逃げ回るしかないんだ。そういうみっともない真似をすることが、つまり生きるってことなんだと思う。ここから眺めていると、それがよくわかる。たぶん、生きている当事者には、そんなことを考える暇さえない。気づいたときには、とっくの昔に死んでいた、というわけさ。

ああ、なんだか眠くなってきた。

考えるだけで眠くなるんだ。考えることが、既に半分は生きていることと同じで、自然に逆らっていることになるんだろうな。きっと、この一瞬だけ生きている。その一瞬に考えて、次の瞬間には意識なんて消えて、もうどこにもない。どこにもいない。泡のようにまた違うところで生まれて、まえに考えたことはすっかり忘れてしまっている。そんな感じだろうか、人生って。

可笑《おか》しいな、人生なんて言葉があることがさ。

そんな概念、誰が考えたのだろう。

まったくとりとめもない。

まったくとんでもない。

「愛している」

不思議だ。その言葉を聞くと、なんだかとても懐かしい。まるで、赤い空と同じ。低いところにあった赤い空だ。僕は、それを見下ろしていた。

死ぬほど綺麗だった。

海に浮かぶ沢山の島のようにも見えた。

それとも、雲から頭を出した山脈のようにも見えた。

ジュラルミンが染まるほど赤くて。

見ているだけで、目がじんじんする。

これが愛することの理由だと、そのとき僕は思った。

綺麗だから、愛するのか、

それとも……、

愛するから、綺麗なのかな。

それはわからない。でもとにかく、そこへ向かって突き進みたくなるんだ。いつかそれが消えてしまうこともわかっていて、それだからこそ、そのまえに、なくなってしまうまえに、それに少しでも触れたい、と思う。そっと手を伸ばし、僕の手に、それを摑んでみたい、と思う。それが愛するという意味じゃないかな。ぼんやりと、そんなふうに想像しただけ。

「ねえ、起きて。もう、そろそろ出かけないと」

女の生温《なまぬる》い手が、僕の顔に触れた。そして、彼女の顔が近づいてくる気配。殺虫剤みたいな香り。ガムでも噛んでいたのだろうか。唇が触れる。海の生きものみたいな唇が。

墜《お》ちていくように、僕は目を開けた。

「そんなに寝てばかりいたら、夜になっちゃうよ」

顔を上げて、窓の方へ目を向ける。そんなに眩《まぶ》しくはなかった。まだ夜明けまえなのではないだろうか。それとも、天気が悪いのか。それとも、もう、天気なんてこの世からなくなってしまったのか。

「何時？」僕は尋ねた。壁に時計があったけれど、光で反射して見えなかった。こいつは、そういう意地悪な時計なんだ。

「何時だっていいじゃない。起きたんだから」

「起きるかどうか、まだ決めていないよ」

「起きてる起きてる」女は嬉しそうだ。「もう駄目だよ。起きちゃったんだから」

たしかに、それは一理ある。僕は黙って、起き上がった。つまり僕の躰を起こした、操縦桿を引くように。

「あ、怒ってるでしょう？」

「いや」

「本当？」ベッドに腰掛け、躰を弾ませて、こちらへ寄せてくる。「あのさ、病院に戻らなくてもいい？　怒られない？」

「怒られると思う」

「どうするの？」

「さあ、まだ考えていないけど」

「私も怒られるわ」

「誰に？」

「あんたは、誰に怒られるの？」

「うーん、誰かな」

「病院の人？」

「違う」僕は首をふった。

病院の奴らは、単に故障を直す整備工と同じだ。機械なら、修理して返すか、直らないから廃棄するかの二とおり。人間の場合は、修理しても元どおりにはならないものがあることと、直らなくてもすぐには廃棄できないこと、そこが違うだけ。

怒るとしたら、それは、修理を依頼した奴らだろう。少なくとも、僕は、僕を直してくれと依頼した覚えはないし。

だいたい、僕は最初から故障している。元どおりに戻るなんてことはない。そのことは、僕が一番よく知っている。しかし、どういうわけか、病院のベッドを思い出すだけで、僕はくすぐったくなる。何故だろう。きっと、病院のベッドの中には見えないほど小さな虫が沢山いて、直らない人間の躰を少しずつ食べてしまうんじゃないかな。そいつがくすぐったいのにちがいない。

そういうわけだから、とにかく逃げ出してきた。夜中にこっそり、窓から外へ出て。それができるくらいには、僕もまだまともだったってことさ。

上着がなかったから、寒かった。

だけど、月は綺麗だった。

地上でもこんなに明るい月が見られるんだ、と初めて思った。しばらく歩いてから、電話をかけた。お金がなかったから、向こう持ちで。彼女が出るまえに、男に料金のことで説明をしなければならなかった。財布を落としてしまったっていう嘘の説明だ。まあ、説明っていったら、たいてい嘘なんだけれど。

「やっほ。嘘……、誰だって？」

「ああ、僕だよ」

「僕だって！　本当？　本当に？」

「あのさ、頼みがあるんだ」

「財布を落としたんだって？　どこに？　雲の上とか？」

「違うよ。病院を抜け出してきたんだ。財布は病院にある」

「雲の上の病院？」

「普通の病院」

「ふうん。病院かぁ……。そうだったっけ？　死んだと思ってたよ」

「うん。まあ、一度、死んだかもね」

彼女は笑った。

「面白い。ホントだホントだ、生きてたのね！　ああ、嬉しい。嘘じゃないよ。本当に嬉しいのよ。どれくらい嬉しいか教えてあげようか？」

「ああ……。会えるかな、今から」

「もちろん、いいよう。今夜は、退屈していたの。あぁ、ラッキィ。そうそう、占いでもね、今日は良いはずだったんだよ。変だなって思ってたところ。当たったんだぁ、凄い凄い。本当に本当にラッキィな夜になったんだぁ」

「金もないし、車もないから、そちらへ行けない」

「わかった、迎えにいったげる」

僕は、彼女に場所の説明をした。車だったら、三十分くらいで来られるんじゃないだろうか。

そして、電話ボックスの中でそのまま待った。まるで、コクピットみたいだなって思った。だけど、おかげで寒くはなかったし、気分もだんだん良くなってきた。誰かが来たら、電話をかける振りをしようと決めていたけれど、こんな夜中に電話をかけにくる奴なんていない。

車道を走る車も疎《まば》らで、ほとんどは大きな四角いトレーラだった。こんな夜中の道でないかぎり走れないくらい大きい連中だ。鯨を運んでいるんじゃないかな。鯨が四角くなっているんだ。

彼女の車のライトが近づいてきたから、僕は外へ出た。ヘッドライトを四つとも点けていた。ナマズが踏みつぶされたみたいな情けない顔のセダンだ。道路をUターンしたけれど、回り切れなくて歩道に乗り上げ、シャーシを縁石でがりがり擦《こす》ってから停まった。

　僕は助手席に乗り込んだ。

「うわぁ、本当だぁ。幽霊じゃない！」ハスキィな声で彼女は叫ぶ。運転席から、こちらへ飛び込むように抱きついてきた。

「どうして、幽霊じゃないってわかる？」

　長いキスのあと、もう一回短いキスをしてから、彼女は顔を離す。

「え？　何？」目を見開いて、僕を間近に見た。

「いや……」

「幽霊はね、二回キスされたら、消えちゃうんだよ」

「あ、そう」僕は頷《うなず》いた。「それは知らなかった。もしかして、ルールを知らない幽霊だったら？」

「それは、しかたがないわ。いいんじゃない、べつに幽霊だって、キスができるのなら」

「そうだね」

「いつぶりかなぁ。もの凄く久しぶりみたいな気がする」

「うん」

「元気だった？」

「いや、だから、病院にいたんだって」

「そうかそうか。怪我が酷かったの？　飛行機が墜ちたの？」

「まともに墜ちたら生きていないよ。ちょっとだけ、その、乱暴に着陸しただけだよ」

「乱暴に？」

「滑走路じゃない場所へ」

「知ってる知ってる。えっと、ソフト・ランディングでしょう？」

「それは、ロケットじゃないかな」

「ロケット？　ロケットって、宇宙の？」

「ああ……」

「飛行機も宇宙へ行けるの？」

「行けないよ。空気がないところへは上がれない」

「ふうん……、ねえ、どうする？　どこへ行く？」

「ロケットが？」

「違う、私たち」

「えっと、まず、なにか温かいものが食べたいなあ」

「うん、いいね」彼女は躰を弾ませる。「それから、どうする？　私のところへ行く？

それとも、どこかへ行く？」

「どこへ？」

「どこでもいいわ」

僕は、フロントガラスに顔を近づけて、空を見上げた。地上にいると、空はいつも上にあるんだ。高い位置に、丸い月が相変わらず浮かんでいるのが見えた。さっきは白かったのに、今はピンクだ。車のガラスの色かもしれない。

「あそこは、行けないよ」彼女が言った。

「え、どこ？」

「空でしょう？」

「ああ」

「行きたい？」

「うん」

くすくすと躰を震わせて彼女は笑った。車がそれで揺れたかもしれない。それから、うがいをするみたいにセルがエンジンをけしかけて、僕たちは月明かりの真っ直ぐなハイウェイに出ていった。

呼び出したことで、ちょっとしたジレンマを感じた。そんなに会いたかったわけでもないのに、彼女を利用したみたいに自分で思えたからだ。けれど、夜も、そして月も、そんなに好きなわけじゃないし、ハイウェイだって、そんなに出会いたかったわけでもない。

ダッシュボードのいかれたデザインのスピーカから、窮屈そうにスウィング・ジャズが絞り出されていたけれど、これだって、そんなに聴きたかったわけじゃない。

でも、全部、悪くなかった。

僕は、誰に利用されているだろうか、と考えた。夜や月やハイウェイやスウィング・ジャズみたいに、たまたまそこにあったから、偶然にも利用されているものたち、それと同じだろうか。きっとそうだろう。

でも、思うけれど、僕を利用したいのならば、病院のベッドに寝かせておくよりも、夜に女と一緒に車に乗せておくよりも、そんなふうに潰《つぶ》してしまうよりも、戦闘機のコクピットに押し込んで、滑走路を空《あ》けておく方が、ずっと上手いやり方だと思う。

そうしたら、

すり切れるまで、飛んでみせる。

ねじ切れるまで、戦ってみせる。

約束する。

サイド・ウィンドウから見える白い月に、僕はそう教えてやりたかったけれど、でも今はもちろん黙っていた。

その約束は、もうとうの昔にしたものだったからだ。

episode 1: avalanche

You don't have to be dead. At home, in the kitchen, there is a geranium that blooms over and over. Some plants, though, they bloom just the once, if at all, and nothing more happens to them. They live, but they've had their life.

第1話 アバランシュ

別に死んでいるなんて思ってないわ。でも、たとえば、家の台所のゼラニューム、あれは何度も何度も花を咲かせるけれど、植物によっては、たった一度しか花を咲かせないものもあるでしょう。一度咲いたらそれでおしまい。それからは枯れずに生き続けはするけれど、でも、その植物にとってはもう生き終ったことになるのよ。

1

久しぶりに軟らかいベッドの上で眠った。病院のベッドよりも冷たかった。その冷たさは、きっと人間の体温を感じさせるためのものだろう。

僕たちは、ハイウェイを走って、海岸線のドライブインで休憩をして、明け方に彼女の館へ戻った。彼女の館というのは、つまり、彼女たちが働いている場所のこと。山の上にあって、古い城のような建物だ。昔は貴族がここに住んでいたらしい。やっぱり今と同じくらい無駄な使われ方をしていたにちがいない。そういう無駄さをブロックにして積み上げて作った感じの建物だった。

僕としては、本当はここへは来たくなかった。知った顔に出会う確率が高いからだ。知った顔に出会うのがどうして嫌なのか、自分でもよくわからない。何だろう？　恥ずかしいのでもないし、困るわけでもないし。ただ、他人に自分を認識されるだけで、気に障ってしまうときって、ないだろうか。せっかく大人しく隠れているのに、せっかく我慢して静かなのに、せっかくちょっと綺麗な孤独が一つ出来上がりそうなのに、という気持ちみたいな。

けれど、彼女がここへ戻らなければならなかったのだ。それは、僕以上に彼女が仕事というものに縛られている証拠だった。否、仕事じゃないかな。うん、そう、社会だ。ここが彼女の社会なんだ。人間って、社会から逃れることは難しい。特に、地上にいるかぎり。

朝、起こされたあと、シャワーを浴びて、それから窓際で煙草《たばこ》を吸った。彼女の煙草だ。久しぶりの刺激だった。この煙とオイルの香りはとても懐かしい。病院にはなかった。彼女の香水は強すぎるから、煙と同じくらい刺激的だ。悪くない。匂いがしているうちは、それがあるって安心できる。自分があるってことだし。単に、匂いというものを思い出しただけかもしれないけれど。

窓からはポーチ前のロータリィと駐車場が見下ろせた。まだ帰っていない客がいるのだろうか。たぶん、基地の関係者ではもういないだろう。こんな時刻まで帰らずにいるなんて、まずありえない。だいたい、僕たちパイロットはけっこう規則正しい生活をするものだ。いつでも眠れるし、いつでも起きられるから、すぐにサイクルを戻すこともできる。

彼女もシャワーを浴びてから、化粧をして、それから、びっくりするような大人しい服を着た。その姿をじっと眺めていたら、目が合った。

「どうしたの?」彼女がきく。

「なんでもない」僕は煙草を灰皿で揉《も》み消した。

彼女はまた鏡の中を覗き込んだ。

「帰らないの？」

彼女がまたこちらを向く。

「どこへ？」

「たとえば、病院へ」

「いや、病院へは戻らない」

「怒られちゃうよ」

「そうだね。だから、戻れない」

「違う。そんなことしたら、会社の人から叱られるでしょう？　もう、飛行機に乗せてもらえなくなるかもしれないよ」

「うん」僕は頷《うなず》いた。

しばらく、彼女は化粧を続けていた。僕は黙っていた。飛行機に乗れなくなる、というフレーズは、もう何度も僕の頭に浮かんだものだ。毎日十回や二十回は、それを考える。だから、もうほとんど確実に、そうなっているってことかもしれない。だいいち、病院から二度と出られないと考えることだって頻繁にあった。僕はもうスクラップになってしまったのだって。こんないい加減な部品は、大事な飛行機には、もう使えないって。

また窓の外を眺めていたら、知らないうちに彼女が近くまでやってきていた。後ろから抱きつかれた。

「しょうがないなあ。それじゃあさ、私のところへ来る？」

「どこにあるの？」

「すぐ近くだよ」

「いいのかな」

「ほかに行くところはある？」

「ないわけじゃないけれど」

「たとえば、どこ？」

僕は考えた。すぐには思いつかなかった。

「ないじゃない」

「お金を貸してもらえたら、誰かに電話をして……」

「誰に？」

また考えた。もちろん、誰も思いつかなかった。

彼女は腕を組んで、微笑《ほほえ》みながら顔を傾け、僕を見下ろしている。楽しそうな顔だ。

「えっとね、内緒だからね。今から、病院へ送っていくってことにするから」

「誰に対して？」

「下で、きかれるかもしれないでしょう？」

「誰に？」

「さあ、誰かに。わかった？」

　残念ながら、よくわからなかった。でも、僕は頷く。

　支度をしてから、その部屋を出た。階段を下りていくと、ロビィに蝶ネクタイの男が立っていて、片手をポケットに突っ込んでいた。片手だけ長くて持て余しているのかもしれない。明るい場所で見るのは初めてだったけれど、そういえば、バーのカウンタで見かけたことのある顔だ。両手をちゃんと見たことはないはずだ。この館で客以外の男を見かけることは滅多にない。けれど、電話をかけたときに最初に出るのは男だ。そいつは、また別の奴だから、少なくとも二人は男がいることになる。

「病院まで送っていく」彼女が男に言った。

　そのまま玄関の方へ彼女は歩いていく。僕も男の前を通りすぎようとしたけれど、呼び止められた。立ち止まって、振り返る。

「今は、所属はどちらに？」男がきいた。

「わからない」僕は答える。「わからないと、いけませんか？」

「いえ、つまり、どちらへ請求すれば良いのか、というだけのことですが……」

「大元《おおもと》は同じだけれど」

「それは、そうですね」男は苦笑した。「しかし、実際、支払いは別々なのです」

「いいじゃないの、そんなこと、どっちでも」彼女が戻ってきて言った。

「黙ってろ」低い声で男は彼女を睨《にら》みつけた。

「えっと、いつ書類を出すのですか？」僕は尋ねた。

「ああ、それは月末です」男は瞬時に笑顔に戻る。

「それじゃあ、それまでにもう一度来るから、そのときまでに、きいておきます。病院にいるから、わからなくなってしまって。つまり、たぶん、異動になっていると思います」

「わかりました。お願いします」男は頭を下げた。

僕は玄関のドアの前で待っている彼女のところへ歩く。そして、そのままドアを押して外へ出た。彼女の方があとからついてくる。ステップを下りて、砂利道を歩いているとき、彼女が追いついて横に並んだ。車は一段下の駐車場だ。

「感じ悪いよね、あいつ」

「そう？」

「小指がなくなってから、ああなったんだよ。だから、みんなで話しているの、小指に人間の優しさが入っているんだよねって」

「なくなったって、どうして？」

「さあ……」彼女は下を向いた。「うんとまえに、私と仲が良かったカホリって子がいてね、その子とさ、逃げたんだよ、あいつ」

砂利の土地を横断して、黒ずんだコンクリートの階段を下りていく。手摺《てす》りが錆《さ》びていて、いつも見るたびにペンキを塗ってやりたくなる。

「それがさ、見つかってしまって」

「え、何が？」

「だから、あいつとカホリが」

「ああ……」

「それで、指がなくなったんだよ」

「どうして？」

「知らない」

「ふうん」

「カホリはいなくなっちゃった。可哀相。死んだのかも」

「まさか」

「だって、死んだから、戻ってきたんじゃない？」

「あの彼が？」

「そうだよ。恐いでしょう？」

「何が？」

「わからないけど」階段を下りきったところで、立ち止まり、彼女は僕を見つめた。「いいの？　病院へ帰らないんでしょう？　さっきの、また来るってのも、嘘でしょう？　だったら、もう会社だって……」

「もう、ここへは来ないから、どうでもいいよ」

「うーん、それは、そうだけれど。でも……」

とにかく、彼女の車に乗った。屋外の空気はまだ冷たくて、車もすっかり冷え切っていた。シートがちくちくするほどだ。ガラスも凍りついていた。

しばらくエンジンを回して暖めた。僕は黙っていた。彼女も黙っていた。二人とも、これからの時間について考えていたかもしれない。でも、それは今日か、せいぜい明日までのことだ。将来のことではない。いくらワイパを動かしても、そんな将来までは見えないものだ。

2

彼女のアパートは大通りに面した古いビルで、一階はドラッグ・ストアだった。裏に駐車場がある。二階へ上がる階段が店のすぐ横にあって、誰が上がっていくか店内から丸見えなので、僕がそこを通るのはまずい、と彼女は言った。

だから、駐車場の隅にある非常階段を僕は上がっていき、二階の上の踊り場でしばらく待っていた。彼女がさきに入って、中からドアの鍵を開けてくれる手筈だ。けっこう賑《にぎ》やかな街中で、隣は大きな駐車場があるレストランだった。すぐ後ろにも五階建てのビルが迫っていて、小さな窓が沢山並んでいた。各階から伸びた煙突が屋上近くでつながっているのが、エンジンのマニフォールドと同じだった。

なかなかドアが開かなくて、十分くらい待ったかもしれない。ようやくそこから彼女が顔を出し、手招きをしたので、僕は階段を上がっていき、ドアから三階の通路へ入った。ドアは、閉めると自動的にロックするタイプのものだった。音を立てないように彼女がゆっくりとドアを閉めたけれど、最後にロックの音がかちっと鳴った。

彼女の部屋は、非常階段のすぐ横だ。鍵を開けて、ドアを躰《からだ》で押して中へ入ると、彼女は僕をさきに通した。ドアが閉まってから、囁《ささや》くように言った。

「下の親爺《おやじ》さんが、話しかけてきたもんだから。ごめんなさい、待ちくたびれたでしょう？」

「いや」

部屋は少しかび臭かった。でも、それは僕が病院にいたせいかもしれない。これが普通の部屋の匂いで、それを忘れていたのだろう。少なくとも、彼女の館みたいに、刺々《とげとげ》しい香水の匂いはここにはなかった。

彼女はまずガスストーブに火をつけて、それから、なにか飲むか、と僕に尋ねた。なんでも良いと答えると、レンジに火をつけてから、奥の部屋へ入っていった。そちらが寝室なのだろう。僕は窓の近くに立って外を眺めた。ベランダには、枯れた葉が残った鉢植えが一つだけ。ガラスの端は茶色く曇っていた。

表通りの方角になるけれど、すぐ近くに大きな看板があって、そちらの方向の風景を遮っている。それ以外は、道路の向こう側にある市場らしき建物が見えた。さらにその向こうに鉄橋が見える。鉄道だろうか。今は見えないけれど、表通りの両側には歩道があって、人間が沢山歩いていた。こんな賑やかな場所は、僕にはあまり馴染みがない。だから、建物だけでもしばらく眺めていた。いろいろな人間がその中にいるのだろう。老人もいるだろう。男も女もいるだろう。早く歩く者も、ゆっくりしか歩けない者もいる。人間って、本当に沢山いるんだ。

彼女が戻ってきた。着替えていて、今度は茶色のスカートだった。どうして、そんなに何度も着替える必要があるのか、僕には理解できない。きっと、着替えること自体が好きなのか、それとも、同じ服を長くは着ていられない強迫観念みたいなものでもあるのだろう。

「どう?」彼女がきいた。

「何が?」僕はきき返す。

「ここ」彼女は振り向いて、片手を上に向けて広げた。「この部屋」

「この部屋の何が？」

「うん、どんな感じ？」

「べつに……」

「変じゃない？」

「うん、全然変じゃないよ」

「そう。でも、素敵でもないでしょう？」

「よくわからない」

「わからない？」

「部屋の専門家じゃないし」

「何、それ」

「ごめん」僕は微笑んだ。

「まだ、ここへ来て、えっとぉ、三カ月かな、四カ月かな。とにかく、初めてなの。一人で暮らすのは」

「そのまえは、どこにいた？」

「みんなと一緒のところだよ」

「みんなって？」

「だから、あそこのみんな。あそこの裏に、古い監獄みたいな建物があるの、知らない？

本当に監獄だったかもっていう古いやつでさ。ほら、貴族が拷問とかしたところかも。知らない？」

「拷問なら、知ってるけど」

「あるでしょう、建物。見たことない？」

「知らない」

「そこに、みんな住んでるの」

「へえ……」

「安上がりだしね」

「どうして、ここへ出てきたの？」

「うーん、それは、まあ、なんていうの、私ももう若くはないし、そろそろ自立しないとねって、思ったわけよ」

「ふうん」

「ていうか、それなりに稼がないと、こんなところには住めないよう。それから、それなりに信用されていないとね」

「信用されているんだね」

「うん、まあね……。私って、あまり逆らわない方だから。ほら、逆らったりするのって、疲れるじゃない」

「そうだね」

「素直な方が可愛いでしょう?」

「うん」僕は素直に頷いておいた。

お湯が沸いたので、彼女はポットからカップへ注ぎ入れて、インスタント・コーヒーを作った。両手にカップを持って、僕がいた近くのテーブルまで運んでくる。低いソファに大きなクッションがのっていて、彼女はそれを避けて座った。

「ここ、座っていいよ」そのクッションを手で示す。

クッションは一つしかないので、僕は、それを遠慮して、腰を下ろした。

「どうして、ここに座らないの? 遠くなったじゃない」

僕は黙っていた。ふかふかの不安定な場所に座ることが、もの凄く好きというわけでもない。

「お酒の方が良かった?」

「いや……」僕はテーブルのカップに手を伸ばした。

「そうだよね。飲まないもんね」

「病院にいたから、コーヒーだって飲まなかったよ」

「そうなんだ。え、じゃあ、何を飲むの? お水だけ?」

「どろどろのスープとか」

「ああ、あるね。気持ち悪いよね」彼女は顔をしかめる。「私、あれは駄目なの。飲めないわ。スープは絶対に透き通っていないと駄目」

僕は無言で頷く。どうしてこんな、スープなんかの話をしているのかな、とふと思ったけれど、でも、もちろん全然悪くはない。インスタントのコーヒーも、飲んだら、そう、こんな味だったな、と懐かしかったし、彼女の無駄話だって、同じくらい、そう、こんなふうだったな、と思い出した。昨夜はあまり話せなかったし、彼女だって、あの館にいるときは、たぶん酔っ払っているせいだと思うけれど、本当の彼女ではないような気がする。今の方がずっと自然だ。ときどき、きいてもいないのに、自分のことを話す。返答のしようがない、なにも関係がない話題を急に持ち出す。そういうのが彼女の普段のごく当たり前の傾向なのだ。もしかしたら、この部屋から、いつも遠くを見ているせいかもしれない。あの曇った窓から外を眺めていれば、きっと風景よりも違うものが見えてくるだろう。

「お腹減ってない?」

僕は首をふった。

「私、なんか食べたいな」

こういうときだ。どう返事をして良いのかわからない。

「作ったら、食べる?」彼女がまたきいた。

「作るの?」

「そう、作るんだよう。冷凍だけどね」

「へえ……」

「作ったら、食べる？」

「食べられるものなら」

「何、それ」彼女は口を尖《とが》らせる。「食べられないものを、私が作るっていうの？」

「いや、そういうわけじゃなくて」

また、急に笑顔になった。

「ラザニアとか、なかったかなぁ」彼女は立ち上がった。

僕は座ったままで、カップを持ったままで、窓を見上げた。この角度からだと、空しか見えなかった。白っぽい磨りガラスになってしまったのと同じ空だった。天気は悪くて、今にも雨が降り出しそう。雲の下にある地上の暗さだった。

あの雲の上へ行けば、もっともっと明るいだろう。明るいのに、何故か白くなくて、透き通るようなブルー。白いものは、全部沈んでいく。ヘドロのように沈殿しているんだ。

そのヘドロの中ってわけ、ここは。

けれども、大勢がこのヘドロの中でどろどろと生活をしているわけで、彼女だって、ヘドロの中でどろどろとラザニアを作っている。どろどろと人を殺して金を取る奴もいるし、どろどろと横断歩道を手を上げて渡る子供もいる。不思議と、誰も空を見上げようとしない。知らないんだ、空のことを。

高いといっても、せいぜいがビルの上か、それともちょっとした山の高原くらい。そこに自分の人生をペットみたいに繋《つな》ぎ留《と》めている。放たれたい、と誰も望まなくなるほど、ここは曇っていて、なにもかも見通せない。見通せないから、遠くにあるものを、忘れてしまうのだろう。

ラザニアはヘドロのようだったけれど、そんなに不味《まず》くはなかった。でも、幾つも食べたいと思うような代物でないことは確かだ。もちろん、幾つも食べたいと思うような代物なんて、この世には存在しないのだけれど。

昨晩、あまり眠れなかったから、僕は眠くなってしまった。彼女もこの時間に眠るらしい。だから、ベッドに入った。やっぱり冷たいベッドだった。彼女の躰が温かかったけれど、昨日の夜ほどでもなかった。ラザニアを食べたせいかもしれない。

「病院へは帰らないの？」彼女がきいた。

「うん」

「どうするの？」

「わからない」

「基地に戻る？」

「たぶん、戻れない」

「戻れないの？」

「うん」

「じゃあ、どうなるの？」

「どうなるか、誰かが決めてくれると思うよ」

「誰が？」

「さあ……」

誰だろう。僕以外の人間だ。

けれども、悲観はしていない。最悪の状態からは、一段上がったポジションだと認識していた。きっと、病院を抜け出したくらいだから、僕がもう元気になった、と解釈してくれるだろう。そうして、どうしたら良いのか、どの基地へ戻れば良いのか、その指示が出るだろう。それまで待つしかない。こちらから尋ねるわけにはいかないじゃないか。だいいち、誰に尋ねたら良いのかが、一番の問題だし。

3

夕方、目が覚めて、ベッドの中で彼女とまた世間話をした。沢山のことを、彼女がきいてきたけれど、どれもが、僕にも、そして彼女の人生にも、関係のないことのように思えた。たとえば、下の店に赤い花が飾ってあったけれど、赤い花はいったい商売にはどんな意味があるのか、とか。多少は関係があるものとしては、中古車を扱う店に勤めている男が、ときどきここへ訪ねてきて、あのナマズ顔のセダンを売らないか、と話すとか。そんな話だった。彼女自身が、どうでも良いと思っているにきまっている。口振りからそれがだいたいわかる。それでも、絞り出すようなハスキィな声にして、言葉にして伝えなければならない、と信じているのかもしれない。静かに黙っている時間が、恐いのかもしれない。たぶんそうだ。ずっと話し続けていないと、相手が自分の知らないことを考えてしまう、それが耐えられないのかもしれない。否、彼女の場合は、単に職業的な習慣だろうか。彼女が僕のことをそれほどまで気にしているなんて、ちょっと考えすぎだ、と思った。

「もう、このままずっと、こうしていたいね」彼女はそう言って溜息をついた。毛布から肩を出している。

その彼女の肩が寒そうな気がして、僕はそこに手を当ててみた。思ったとおり冷たかった。

その肩が動いて、彼女は煙草に手を伸ばした。火をつけて、煙を吐く。

「家じゃあ、ベッドでは煙草は吸わないんだけど」彼女は言った。「毛布に臭いがついちゃうから」

「吸わない方がいい」

「今夜はお休みしようっと」

「仕事を？」

「風邪をひいたことにする。ほら、声が変だよね」

「そんな理由が必要なの？」

「駄目だよな、声はいつも変なんだもん。うーんと、やっぱり、頭が重いとか、体調が悪いくらいが、良いところだね」

「電話をかけるわけ？」

「うん。ここには電話がないから、下へかけにいってくる。その分の元気を出すために、今、煙草を吸っているわけよ」

「僕のことなら、気にしないで良いよ。邪魔だったら、出ていくし」

「そんなのなしだよ」

「たとえば、もし君さえ良かったら、ここで待っている。仕事に行ってきたら？」

「うーん、その手もあるわね。それだったら、疑われたりしないし」

何を疑われるのだろう。僕を匿《かくま》っていることだろうか。病院を抜け出したことは、もう会社に伝わっているはずだ。そのうち、彼女の館へも、問合せの電話があるかもしれない。珍しくそんなことをぼんやりと考えた。僕にしては珍しい、という意味だ。いったい、何を期待して考えているのか、と自問したけれど、よくわからなかった。今はとにかく、頭がクリアにならない。まだ、麻酔なのか、精神安定剤なのか、その手の薬が効いているのだろうか。

彼女はベッドから出て、服を着た。部屋は薄暗かった。でも、彼女の躰がよく見えた。それは、僕がよく知っている彼女よりは、少しだけ歳をとっているように見えた。これも、この場所のせいだろうか。それとも、僕の頭が、だんだん現実を正確に捉《とら》えるように、つまり薬が薄れてきたせいだろうか。

服を着てから彼女は出ていった。ドアの音が聞こえ、通路を遠ざかる足音。

僕は毛布から腕を伸ばして、煙草の箱を掴んだ。軽かったけれど、幸いまだ残っていた。彼女の煙草だから、少々申し訳ない気分になったけれど、でも、僕は今、自分の煙草を持っていない。

そうか、ここを出ていくにしても、彼女から金を借りなくてはならない。現金がなくてはなにもできないのが、人間の社会の決まりだ。基地にいても、病院にいても、金を使う機会なんてほとんどないから、自分の周辺からそのシステムがすっかり消えてしまったように錯覚することがある。

貸してくれるかな。どうやって返そうか？ なにか持っているものはないか。駄目だ、なにも身に着けていない。それに、返せる見込みなんてあるだろうか。そのまえに、どうやって生活したら良いだろう。

目は、煙が漂うのを眺めていた。それが雲みたいに見えないかな、と目を細めたけれど、ちっとも上手くいかなかった。

この部屋が暗すぎる。夜間飛行をしているところを想像したら良いのか、と思い直した頃、ドアの音がして、彼女が戻ってきた。電話をかけたにしては少し早くないか、と思った。

部屋に入ってくる。そのまま、ベッドに飛び込むように横になったから、僕は煙草の灰が落ちないように、躰を起こした。

「もっといいこと考えたよ」彼女は明るい声で言った。

「何より？」

「え、何よりって？」

「何よりも、いいことを考えたの？」

「そういうときは、いいことの方をきくもんじゃない？」

「じゃあ、何を考えたの？」

「今から、旅行に出るの」

「誰が？」

「私たち」

「私たちっていうのは？」

「私とあんたじゃない」

「ああ、僕か」

「馬鹿じゃないの。大丈夫？　こんなところにいたら、見つかっちゃうでしょう？」

「うーん、まあ、そうかも。だけど、見つかっても、そんなに悪くはないよ」

「そうなの？　でもさ、旅行って、楽しくない？」

「したことないよ、旅行なんて」

「嘘、ないの？」

「君は？」

「私は、あるわよ、何度も。でも、うん、まだ子供だった頃ね。大人になってからは、あまり遠くへ行ったことないかも」

「車で行くの？」

「そうだね。電車よりは良くない？」

「そうかな」

「先々で、ホテルに泊まって、美味《おい》しいものを食べて」

「お金はあるの？」

「大丈夫。任せておいて」

「ありがとう。僕は一銭も持っていない。これから、どうしたものか、考えていた。病院に行けば、僕の持ちものがあるはずなんだけれど。それがあれば、口座から引き出せる」

「通帳をなくしましたって、銀行へ言いにいったら？　私、本当になくしたことがあって、銀行で泣いたら、新しく作ってくれたよ」

「へえ……。そうだね、まあ、本人だとわかれば、作ってくれるだろうね」

「そうと決まったら、すぐに支度をしなくちゃ」彼女はベッドから立ち上がった。「えっと、一番大きな鞄はっと……」

「どこへ行くの？」

「それは、まだ考えていないけど。どこでもいいわ」

「行きたいところは？」

「ホテルがあるところ」

彼女はクロゼットの中に入っていった。

「あ、そうだ、飛行機に乗ろうか？」声だけ聞こえてくる。

「お金がかかるよ」

「そうね、べつに急いでいるわけでもないしね」

「仕事、そんなに長い間、休めるわけ？」

「気にしない気にしない」

「電話しなくても良い？」

「もう、そろそろ潮時だったの」

潮時という言葉を聞いてから、僕は煙草を灰皿で揉み消した。天井近くの煙が動かなかった。

自分のことを少しくらいは考えなければ、と思う。彼女と遊んでいる間に、なにか名案を思いつけるだろうか？ しかし、名案って何だ？ 特に、目的があるわけでもない、トラブルがあったわけでもない、困っているわけでもない。

そうだ、たとえば、死ぬ手もある。

自殺か。

それだって、そんなに深刻じゃない。ただ、彼女を巻き添えにすることはできない。どうしてかわからないけれど、それは確かなことだと思えた。

車か鉄道か飛行機か、という話が出たけれど、僕はずっと、船に乗ることを想像していた。それも海ではなくて、川だ。小さなボートで、川の流れに任せて下っていくのだ。いずれは、湖か、それとも海へ出るだろう。そんな光景を何度か想像していた。

でも、ボートには僕一人だけ。

彼女は乗っていない。

二人で行くなんて思ってもみなかった。

4

彼女の車に乗って出発した。

「下の店の親爺さんがね、この車を売ってほしいって言ってたの」運転をしながら彼女は話す。「あの人にこれを売って、その代わり、別の車にすれば良かったかもね」

「どこか気に入らないところが？」

「全然そうじゃないけれど、新しい方が良いでしょう？」

「そうかな」

「なんでも新しい方が良くない？」

「そうかな」

「飛行機でも、そうなんじゃない？」

「うん、もちろん、新しい飛行機になるのは嬉しいけれど、慣れているものの方が安心だよ」

大きな通りを走り、街のはずれでハイウェイに乗った。方角としては西を向いている。太陽はもう僕たちの行く先にあった。明るいうちには、そんなに遠くまでは行けないだろう。

「ねえねえ、嘘の昔話をしない？」

「嘘の昔話？　昔話は普通、嘘なんじゃないかな」

「違う違う、えっとね、自分の身の上の話をするの。でも、嘘で作り話じゃなきゃ駄目なの」

「どういうこと？」

「じゃあ、私がさきにしてあげるから」彼女は微笑んだ。

彼女は、自分がまだ小さい子供だったときの話を始めた。両親は仕事の都合で遠くにいて、母親の妹が彼女を育ててくれた。港が近い小さな街で、彼女たちの住まいは、大きな屋敷の庭の隅に建っている小屋だった。その屋敷で、彼女の叔母が働いていたからだ。

「芝生がね、もの凄く気持ちが良いの、少し坂になっていたから、転がっていくとね。空が何回も見えて、目が回って、すぐには立ち上がれなくなっちゃうのよ。それから、そうそう、犬がいたわ。大きな毛の長い犬で、とても大人しくて、私がもたれかかっても、黙って動かないくらい大きくて、怒ったりしないの」

　それが、本当に嘘の話なのか、尋ねようかと思った。彼女も、もしかしたらきいてほしかったのかもしれない。でも、きっと、もちろん嘘だよ、と答えるだろう。仕事の関係で、こんな作り話をいつも用意しているのかもしれない。作りながら嘘の話をしているうちに、どんどん物語ができてしまったのかもしれない。

その屋敷に住んでいる金持ちの話になった。主人と、若い後妻。子供は十代の男の子が二人。これは、先妻の子だ。使用人は沢山いて、そのうちの一人は、もしかしたら金持ちの血縁かもしれない、と彼女は説明した。

彼女が少し大きくなると、屋敷の中にもときどき入ることができた。男の子の一人が、彼女を気に入って、自分の部屋まで連れていってくれたからだ。そこで、彼は絵本を読んでくれた。全然意味がわからなかったし、絵はどれも真っ黒で恐かった。ベッドがトランポリンのように弾むから、そこで遊んでいて、落ちて泣いたことがある。そんなとりとめもない話だった。

真っ直ぐの退屈な道路を走っているうちに、あっという間に日が落ちてしまった。僕は彼女の方へ身を寄せて、メータを見た。飛行機乗りというのは、どんな場合であっても、必ずメータを確認する習性がある。

「話の途中で悪いけれど」僕は言った。「ガソリンを入れた方が良いね」

「あ、本当。まだまだあると思っていた」

「だいぶ走ったからね。もう二時間くらい走っているよ」

「そんなに？」

街らしき明かりが見えてきたので、そこでハイウェイを下りた。通り沿いに明るいガソリンスタンドがあったので、そこで給油をした。実際に、キャップを外してガソリンを入れたのは僕だ。

「へえ、そんなことができるのね。やっぱり本もののパイロットは違うわ」

「誰でもできるよ」

「私、できない」笑いながら、彼女は煙草を口にくわえる。

「あ、駄目だ」僕は少し大きな声を出す。

「え、何が？」

「煙草は危ない。ガソリンに引火する」

「あ、そうか……」彼女はびっくりした顔になって、煙草を手に取って、溜息をつく。

「危ない危ない。良かった、あんたと一緒だと心強いね」

「そんなことないよ」

「一人だけで旅行なんてできないもの。きっと、忘れものはするだろうし、てんで違う方向へ行っちゃうだろうし、たまったもんじゃないわ」

「一人で旅行をしたことは？」

「いいえ、ない」彼女は首をふる。「わかっているもの、酷《ひど》い目に遭《あ》うにきまっているんだから」

どんな酷い目に遭うのかな、と僕は考えてしまった。

ガソリンを入れて、彼女がレジへ金を払いにいっている間、僕はナマズ顔のボンネットに腰掛けて待っていた。ほかに車はいない。レジの中にいるのは、白いツナギを着た若そうな大男で、顎《あご》がロボットみたいに大きかった。こちらをちらちらと見ている。彼女は、その男としばらく話をしてから戻ってきた。

「お腹減ったでしょう？　美味しいお店がないか、きいてきたから……。すぐそこだって」

車に乗り込んだ。

「どこから来たんですかって、きかれちゃったよ」エンジンをかけながら彼女は言った。

「やっぱり、旅行している人だって、わかっちゃうものなのね」

「小さな街だから、見かけない顔だってことなんじゃあ」

「そうか、そうかもね」

美味しい店というのは、通りに面したドライブイン風のレストランだった。どれも適当に揃っていて、店員が爬虫類《はちゅうるい》みたいに愛想のない高校生のバイト、という感じの店だと入るまえからわかった。もちろん、中に入っても、その予想は覆《くつがえ》らなかった。期待を裏切らない店だ。

店内は空《す》いていて、窓際のテーブルに着くと、ほかの客は一人も見えなくなった。ダンスか体操ができそうな明るい音楽が流れていたけれど、スピーカが銀紙でできているみたいな、びびった音だった。二人ともスタンダードのステーキを注文。アルコールを飲むか、と彼女がきいたけれど、僕は断った。彼女は運転があるから、飲めない、と話した。僕が運転すれば良いだけのことなのに、その提案を僕からはしなかった。余計なお世話っていうのは、できるだけ避けたいものだ。

「全部食べられるかしら」彼女が身を乗り出して言った。「味によるわよね」

「食べられないと思うよ」

「え？　不味くて？」

「いや、量が多くて」

「少なくして下さいって言えば良かったかも」

「うん」

「食べものを残しては駄目だって、小さいときに言われなかった？」

「どうだったかな」

「今は、残しても誰にも怒られないから、なんだか不思議な感じがするわ」

「叔母さん、怒ったの？」僕は尋ねた。

「え？　ああ、そうそう。けっこう厳しい人だったわね。おかげで、こんなに上品なレディに育っちゃったというわけだ」彼女はそこで吹き出して、しばらく笑っていた。

　ステーキはすぐにテーブルにやってきた。残念ながら予想どおり、全部を食べることはとうてい無理な大きさだった。ステーキっていうのは、この世で一番意外性のない食べものだと思う。

店の入口の近くに電話ボックスがあった。僕はそちらを何度か見た。電話をかける先のことを考えていたからだ。そのことに彼女も気づいたのか、煙草に火をつけたとき、急に寂しげな表情になった。

「やっぱり、電話しといた方が良いかな？」彼女は口を斜めにして言った。

「うん」僕は頷いた。それはそうだろう。

「何て言おう。ねえ、何て言ったら良い？」

「今日はお休みしますって」

「理由は？」

理由か。どうして、そんなものに拘《こだわ》るのだろう。

「うーんと」彼女は天井を見上げて考えている。「お友達のところへ遊びにいって、そこで、そのお友達が病気になったから、看病することになった、にしようかな」

「そうしたら？」

「そのお友達を出せって言われないかしら？」

「病気なんだから」

「病気でも、電話くらい出られるんじゃない？」

「レストランに出てきてかけているから、ここにはいないって言えば？」

「あ、そうね。ここがレストランだってわかるかな？」

「さあ」

「よし」彼女は立ち上がった。「かけてくる」

「落ち着いて」

急に彼女は眉を顰《ひそ》め、僕に両手を差し伸べる。

「ああ、なんて優しいの」抱き締められた。

彼女は一度短い息を吐いてから、電話をかけにいった。ボックスに入って、受話器を取ってから、ガラス越しに僕に手を振った。

僕は、彼女の煙草をまた一本もらうことにした。残りがもう少ない。あとで謝らなければ、と思う。

それから、やっぱり、彼女一人に頼っている現状は問題ではないか、と考え始めた。胸のポケットに入れている身分証明書を出して、その裏に記されている電話番号を見た。そこへ連絡を取る、というのが、僕に残されたもう一本の道だ。

しばらくして、彼女が戻ってきた。緊張した様子で、顔は笑っていなかった。シートに座り、すぐに煙草に手を伸ばし、火をつけた。珍しく黙っている。

「どうだった？」僕は尋ねた。

「ううん、なんでもないよ。べつに、なにも言われなかった」彼女は煙を吐く。「でもね、あんたのこと、きかれた」

「何て？」

「どこへ行ったか、知らないかって」口を尖らせる。目が泣きそうだった。「もちろん、私、知らないって言ったよ。なんかさ、あんたの上司だっていう女？ そいつから、電話がかかってきたんだって」

僕は、それが誰のことかすぐにわかった。

「それで、びびってるんだよ、きっと」彼女はそこで煙草を赤く光らせ、溜息とともに煙を吐いた。

びびっているのは、彼女もだ。僕たちの会社のパイロットが、彼女の館の商売を成り立たせている。だから、トラブルは絶対に避けたいだろう。病院を脱走したパイロットと一緒に逃げているなんて、言い逃れができない事態だ。それくらい、彼女にも理解できるにちがいない。

「どうしよう？ もう、絶対に見つからないようにしないと」彼女は言った。

店員がテーブルの皿を片づけにきた。二人とも半分くらい残していたけれど、店員はなにもきかず、黙って持っていった。コーヒーはいかがですか、とも言わなかった。

「ほんの少しだけ、お金を貸してくれないかな。そうしたら、僕一人で行くよ。君は帰れば良い。それで、今なら、なにもなかったことにできる」

「そんなこと言わないで」か細い声で彼女はそう言うと、目から涙をこぼした。「もう言わないで、そんなことぉ」

「どうして？」

「わかってるよ、私だって。こんな年寄り女、ずっと一緒にはいられないって、わかってるよ」

「そんなこと、言っていない」

「わかってるって……」

彼女は泣きながら煙草を吸った。

僕は黙っていた。たしかに、ずっと、いつまでも一緒にはいられないだろう。それはでも、彼女の年齢とは無関係だ。否、そうではない。関係は大いにある。ただ、たとえ今の彼女が僕より若くても、やっぱり、ずっといつまでも、将来にわたって一緒にいることはできない、という意味だ。

言葉だけで、ずっと一緒にいるつもりだ、と言うことは容易《たやす》いし、そんな嘘の言葉でもいいから、彼女は欲しがっているかもしれない、ということは想像できた。だけど、残念だけれど、僕は無駄なこと、意味のないこと、確信が持てないことには、手を出さないことにしているんだ。それは、空で学んだこと。命を懸《か》けて相手と戦うときに、これだけはしてはいけない、という自分との約束だった。無駄なことをしないのが、尊敬する相手に対する礼儀だ。その約束を破ったら、墜ちていくときに、自分を祝福できないだろう。遠くのカウンタの近くから店員がこちらを見ていた。僕は窓越しに道路を走る車を眺めた。そして、ガラスに映った彼女をときどき観察した。また黙って煙草を吸っている。彼女が、本当はどんな女なのか、僕は今でもわからない。彼女の白い胸にある入れ墨の絵柄は知っているけれど、彼女のことは全然知らない。彼女の口から出る言葉は、ほとんどが嘘。物語だ。支離滅裂ではない。どれも筋が通っている。だからこそ、信じられない。たぶん彼女だって、信じてほしいなんて考えていないだろう。その場だけ、一晩だけ、信じさせたつもりになれれば良い、という毎日を繰り返し生きてきたせいかもしれない。それはそれで、素直でシンプルで、悪くない。僕たちの仕事だって、まったくそれと同じ。その日一回のフライトだけ、自分が勝てると信じられれば良い。その繰返しだ。何日も、いつまでも飛び続けることなんてできないのだから。

　五分ほどしたら、彼女は別の話を始めた。車の中でしていた嘘の物語の続きで、学校へ行き始めた頃のことだった。叔母さんが病気で死んで、実の母親が会いにきたけれど、事情で一緒には暮らせないから、彼女は親戚の家に預けられた。そこの主人がいつも酔っ払っていて、だから酔っ払った男は大嫌いだ、と話が続く。

　僕は黙って聞いていた。一度窓の方へ視線を移した。そして、もう一度彼女の顔を見ると、話すのをやめて、僕をじっと見つめている。

「こんな話、聞きたくない？」

「いや。聞いているよ」

「違う、聞きたいか、聞きたくないかって、きいたの」

「それは、わからない。どんな話なのかわからないのに、聞きたいかどうかなんて、わからない」

彼女はくすっと小さく吹き出した。

「ごめんなさい。なんか、ヒステリィ？　違うかな」

「そんなことないよ」

「なんかね、いらいらしちゃったみたい。泣いたのも、ええ、いけなかったわ。ごめんなさい。お酒飲んでいないのに、変だなあ」

「飲みたかったら、飲んだら。車の運転なら僕がするよ」僕は、出し惜しみしていた余計なお世話を出した。「それくらいは、仕事をしないと」

「いいの。お酒なんか飲まない方がいいにきまっているんだから」

「これから、どうする？」僕は尋ねた。

「うーん。どうしよう？　今日は、もうこの街に泊まるしかないんじゃない？」

「ホテルを探す？」

「車で寝るわけにいかないでしょう？」

「うん、少し寒いと思う」

「じゃあ、ここの人に、ホテルがどこにあるか、きいてくるわ」彼女は立ち上がろうとした。

「いや、そんなに慌てなくても良いよ」僕はそれを止めた。「落ち着いて、ちゃんと考えよう。ホテルに泊まって、明日はどうする？」

「明日？　うーん、出発して、またハイウェイを走ろうよ」

「それで、また違う街へ行って、今日みたいにレストランでステーキを食べて、それからホテルを探す？」

「そうね」

「それから、どうする？」

「どうして、そんなことをきくの？」

「わからない。僕も、自分でどうしてなのか不思議だ。そんなさきのこと考えるなんて、どうかしていると思う」

「どうかしてるよ」彼女は眉を顰めて悲しい顔をする。

「どんな生活がしたい？」

「私？」

「うん」

「えっとぉ、できれば、草原があって、そこに小屋があって、そこで暮らしたい」

「一人で？」

「ううん。誰かと二人がいいな」彼女の口だけが微笑む形になる。「そんな人いないよね」

「僕には無理だ」

「わかってる」

「一年か、二年ならば、できるかもしれない」

「わかってるって、いいよ、もう、そんな話」

「ごめん」僕は謝った。

しばらく沈黙が続いた。

何度か目を逸《そ》らし、

何度か見つめ合った。

「優しいんだ」

「誰が？」

「あんたよ。どうして、飛行機乗りって、みんな、そんなふうなの？」

「みんな、こんなふう？」

「うん、たいていそう」

「どうしてかな」

5

学校のクラブハウスみたいなモーテルに入った。駐車場が部屋のすぐ前にあって、管理人の男がいる小屋だけが離れていた。そこにはコインランドリィもある。駐《と》まっている車は、ほかに大型のトレーラが一台だけだった。管理人は、彼女を見るとき目を細めるようにした。きっと、女の白さが久しぶりで、眩《まぶ》しかったのだろう。

部屋はキャンプ場のバンガローのように腐りかけていて、ベッドは合板で作られたおもちゃ箱みたいだった。驚いたことに、テレビがあった。それも床に置いてあるのだ。誰かが忘れていったものかもしれない。絨毯《じゅうたん》は擦り切れたサンドペーパみたいだったし、天井の蛍光灯は今にも黒い卵を産みそうだった。

彼女がさきにシャワーに入って、そのあと僕が入った。僕としては、なんの不満もない設備だ。ここに一年だって住むことができるだろう。外の駐車場の代わりに滑走路があれば申し分ない。躰が温まって少しだけ気分が良くなったせいで、そんなふうに考えたのかもしれないけれど。

バスルームから出ていくと、彼女は毛布にくるまっていて、床のテレビを見るためにベッドに反対向きになって顔だけ出していた。雑音が周期的に入るテレビだった。まるで、空を飛んでいるときの超短波受信機のようだ。電波の大切さを教えてくれる機能かもしれない。

「煙草が切れちゃった」彼女が言った。

「うん。悪い、僕が何本か吸ったからだよ」

「いいよ、べつに」

「どこかで買ってこようか？」

「せっかく温まったのに、いいよ、そんなの。ねえ、早く」彼女は毛布の端を少しだけ持ち上げる。そこへ入れ、という意味らしい。

頭が濡れていたけれど、バスタオルをソファの背にかけてから、僕はベッドの毛布の中に入った。

「ああ……」躰を寄せながら、彼女が溜息をついた。その息が僕の顔にかかる。彼女の匂いがした。「良いかもね」

「何が？」

「こんな生活よ」

「どんな生活？」

「うーん、毎日、こうやってさ、シャワーを浴びて、二人で毛布にくるまるの。それで、テレビを見たり、おしゃべりをしたり、ときどき、お酒くらいいいかな……、ほんの少しならば」

「昼間は何をしているの？」僕はきいた。意地悪な質問だと思いながら。

「それは……、働くにきまってるでしょう」彼女は答える。

「どんな仕事？」

「そんなことまでわからない。えっと、ウェイトレスくらいかしら」

「僕は？」

「何ができる？」

「飛行機に乗ることかな」

「そうだね、飛行機に乗る仕事って、なにか、あるんじゃない？　あ、そうそう、お客さんを乗せて、遊覧飛行をするとか」

「うん、そんなの、いいね」

「お客さんが来るかな」

「さあ、どうかな」

「私が毎日お客さんになったげる」

「それじゃあ、生活が成り立たないよ」

たしかに、話をしているうちに、とても幸せな光景に思えてきた。幸せすぎて、悲しくなるくらいだ。

「もしかしたら、私の稼ぎだけで暮らしていけるかもよ」彼女はくすっと笑った。

「うん」

彼女は笑っている。その振動が躰を伝わってきた。けれど、あまり長く続くから、少し躰を離して覗いてみると、笑っているのではなく、泣いていた。

やっぱり、彼女も僕と同じ光景を見たのだ、と思った。

「どうしたの？」僕はきいた。

彼女は答えない。僕の胸に顔を埋めて泣き続けた。毛布のトンネルの中で。薄いから光が少しだけ透過して、毛布はオレンジ色だった。そんなに温かくはなかったけれど。

彼女が悲しんでいる理由を、少しくらいは考えてあげることが、この場合とりあえず、必要なことだったかもしれない。けれども、悲しさの理由がわかったからって、悲しさが減るわけでもないし、僕がそれを知ったからといって、彼女の悲しみを和らげることができるだろうか。

それから、彼女が話してくれた小さかった頃のストーリィを僕は思い出した。それが本当だったかどうかが問題ではない。少なくとも、そんな過去を彼女は語りたかったのだ。自分にも歴史があることを伝えたかったのだろう。僕には、そういうものがない。他人に自分が子供だった頃の話なんて、滅多にしたことがない。思い出すことは断片的にはあるけれど、思い出したくて、思い出そうとして、思い出すのではない。どちらかといったら、そんなものは綺麗さっぱり消えてしまったら良いのに、と考えている。今だけがあって、それだけを考えていられたら良いのに。未来だって、せいぜい明日か明後日くらいしかなければ良いのに。

「どうしちゃったんだろう、私」彼女が泣きながら呟《つぶや》いた。笑っているようにも聞こえた。

「あんまりさ、泣いたことなんてないんだよね。変なの……」

　煙草が吸いたくなった。でも、煙草はない。

　テレビがニュースを伝えている。僕は毛布から顔を出した。戦争のニュースだったからだ。空母から戦闘機が飛び立つシーンが少しだけ映し出され、そのあとは、地図に二色の矢印。

　そうか、あんなふうに、僕たちは矢印になるんだな、と思った。向かってくる別の色の矢印もあって、矢印がぶつかるところが、お楽しみのダンスホールってわけだ。

　そのニュースはすぐに終わってしまった。もう別の話になっている。どこかの選挙の話。その次は、ストライキの話。マイクを何本も持って、叫び続けている人たちの映像。

　彼女も毛布から顔を出した。もう泣いていなかった。

「ごめんね、怒った？」

「全然」

「飛行機に乗りたい？」

「うん」

「悲しくならない？」

「どうして？」

「うーん、空の上って、雲の上なんか、どんなふうかなあ。もの凄く広い？」

「広いよ」

「そんなところに、一人だけでしょう？」

「いや、たいていは、誰かと一緒に飛んでいるから」

「でも、一人のときもあるでしょう？」

「うん。そいつが墜ちていったりしたら、帰りは一人になる」

「悲しくならない？」

「どうして？」

「私、一人だけになったら、絶対悲しくなる」

「悲しくなっても、いいんじゃない？」

「良くないよ」

「そうかな」

「泣けてくるもの」

「泣いても、いいんじゃない？」

「泣いたらさ、よけいに悲しくなるんだよ。どんどん悲しくなっていく」

「悲しくなったら、何がいけない？」

「死にたくなるわ」

「うん、死んだら駄目。それだけは絶対に駄目だと思う」彼女は言った。その言葉は、ほんの少しだけ力が籠もっていた。

「どうして？」

「わからないけれど、でも、死ぬのだけはいけないと思う。神様に申し訳ないし」

「神様に、なにか借りがあるんだね」

「そりゃあそうだよ」僕に抱きつきながら、彼女は話す。もう機嫌が直ったみたいで、声に元気が戻ってきた。「生まれたことが、そもそも、ほら、神様のおかげでしょう？ その借りが誰にだってある」

「命を、神様から借りたわけか」

「そうそう、それよ」

「だったらさ、死ぬことで、神様に借りを返すことにならない？」

「え？」

「借りたものは、いつかは返すんだから」

「うーんと、そうかしら……。あれ？　でも、せっかく貸してもらったものを、ちゃんとよく使わずに、すぐに返してしまったら、申し訳ないんじゃない？」

「なにもしないで、ずるずる長く借りているよりは、ましなんじゃないかな」

「うーん、それは、ちょっと、そうかも」彼女はくすっと笑った。「あ、そうだ。あまり早く返してしまうと、悪魔が横取りするんじゃない？」

「若い命はまだ使えるからって？」

「そうそう。そうよ。だから、悪魔がもういらないっていうくらい、使い古さないといけないわけ」

「うん、そうか」

「いい考えだわ」

「そうだね」

「ねえ、お酒か煙草か、欲しくない？」

「そうだね、買ってこようか？」

「私が行ってくる」

「いや、僕が行くよ。僕の方が服が早く着られる」

彼女はまた笑った。

「可笑《おか》しい。飲んでないのに、こんなに笑えるなんて、びっくり」

「ついでに、一度会社に電話をしてくるよ」僕は起きあがった。「良いかな？」

「どうして私にきくの？」

「君にお金を借りなきゃならないから」

「ああ、そうか。どうぞ、バッグのお財布、全部持っていっていいよ」

「そんなことしたら、そのまま、僕が帰ってこないかもしれない。君の車で逃げるかも」

「そんなことするわけないじゃない」彼女も起きあがって、僕をじっと見た。「でも、久しぶりに、それくらい騙《だま》されても良いかもね。一度、昔、一回だけだけれど、そういうのがあった」

「騙されたの？」

「うん、でも、その思い出が……」彼女は笑顔になる。「一番楽しい思い出だし……。思い出すだけで、笑えてくるの。だからさ、もう一回くらい、なんか、騙されてみたいなって……。あ、車のキーも、バッグの中」

「歩いていけるところに煙草も電話も、きっとあるよ。キーはいらない」

彼女の財布から、コインを何枚か取り出した。僕はジャケットを着て部屋の外へ出た。

空は澄み切って星が見えたし、空気は思ったよりも冷え込んでいた。まだ時刻は二十時にもなっていないはずなのに。

モーテルの駐車場から歩道に出た頃には、騙されるのは僕の方で、戻ってきたときには、彼女も彼女の車も消えているんじゃないかって思えてきた。もしかしたら、僕はそれを望んでいたのかもしれない。

6

道路を渡ったところにドライブインがあった。そこのカフェで煙草を買うことができた。大型トレーラが数台駐まっている。食事をしているのは男ばかりだった。僕の方をじろじろと見る目があったけれど、気にせずすぐに店の中にある電話ボックスに入った。

彼女には会社に電話をかけると話したけれど、あれは嘘だ。オペレータが出たので、僕は別のナンバをコールした。本当は彼女から金を借りずに、相手持ちでかけても良かったのだけれど、そこまでの自信がなかった。つまり、本当にこのナンバでつながるのか、という小さな疑いも持っていたということ。

しばらく受話器を耳に当てて待った。振り返って、店のカウンタの様子を見る。みんな大人しく飲んでいた。そういえば、僕の頭はずいぶんクリアになった。自分でもそれがわかるほど。やっぱり薬のせいだったみたいだ。

ようやくベルが鳴り始めた。この時刻ならばいるのではないか。ベルが六回鳴ったところで、つながった。

「はい……」彼女の声。

「もしもし」僕は声を出す。

「どなた？」まちがいない、彼女の声だ。

「電話をかけるのは、初めてです」

「え？　誰？　もしかして……」

「はい、万が一のときには、かけろと言ったでしょう？」

「ああ……」

　しばらく沈黙があった。

「もしもし？」僕は言う。

「わかりました。名前は言わないで」

「はい」

「どうしたの？」

「お金がなくて困っています。その、すべて置いてきてしまったから」

「逃げ出したのね？　本当に？　今どこにいる？」

「えっと、もうお金が切れます。もう一度、コレクト・コールでかけ直しても良いですか？」

「ええ、もちろん」

「では、五分後に」

「あの、大丈夫なの？　どこか悪いところは……」

電話が切れた。時間切れだ。悪いところといえば、このせっかちな電話か。

外に出て、カウンタの端の席に座った。そして、たった今買ったばかりの煙草の封を切った。店員が近づいてきた。中年の丸いメガネの男だ。

「何か？」

「いえ、もう一度、電話をかけるだけです」僕は答える。

煙草に火をつけて、深く吸い込んだ。自分が緊張していることがわかった。ダンスのまえだって、こんなに緊張しないだろう。気持ちを落ち着けてから、話した方が良い。きっと、電話を待っている彼女も、そう考えているにちがいない。いったい、何を話すというのか。

電話ボックスを見て、彼女の様子を想像していたら、肩に誰かが触れた。僕は振り返る。

カウンタに斜めに寄りかかって、男が一人立っていた。片手にビールが半分残ったグラスを持っている。奥にいた奴だ。ほかにも何人かいるが、その中では一番若そうだった。僕を見て、口を奇妙な形に変形させた。たぶん、微笑んだつもりだろう。

「何ですか？」僕はきいた。

「見かけない顔だが……」

「あなたも」

少し遅れてふっと吹き出した。そして、一度奥を振り返って仲間を見たようだ。また、こちらを向く。

「良かったら、ビールを奢《おご》ろうか？」彼が言った。

「いえ、飲まない」

「飲んでみたら、良さがわかるってこともある」

「電話をかけるから」そう言って、僕は席を立った。

「おい、待てよ」男が低い声で呼んだ。

僕は立ち止まり、彼を見据《みす》える。

「すまない、電話がさきだ」僕は言った。「話はそのあとで」

「ああ、わかったよ」男は急にまた笑顔になる。

僕は電話ボックスに入った。そして、オペレータを呼び出し、ナンバを告げ、相手持ちで、とつけ加えた。

しばらく待った。振り返ってカウンタの方を見ようかとも思ったけれど、あの男の顔を見るのが嫌だったので、店の外の暗い駐車場を眺めていた。モーテルの方はさらに暗くてよく見えない。彼女はまだベッドだろうか。

電話がようやくつながった。今度はコールは鳴らなかった。

「もしもし」彼女の声。「遅かったわね」

「煙草を吸っていたから」実はまだ手に煙草を持っていた。煙いので、足許に落として踏み消した。コクピットも電話ボックスも禁煙だ。

「会いにこられる？」

「その方が、良いですか？」

「もちろん」

「飛行機があったら、すぐに飛んでいけますけど」

「どこにいるの？」

「いや、どこかな。地上のことはよくわからない。明日になれば、頭もしっかりして、把握できると思います。たぶん、そちらから、五百キロないし八百キロ東ですよ。すぐには行けないにしても、そう、明日か、明後日には」

「大丈夫？　ここまで、どうやって来るの？」

「地上を走って」

「車？」

「ええ」

「車があるのね。それは良かった。車はどうしたの？」

「友達のです」

「そう……、でも、気をつけて」

「そうですね」

「あまり人目に触れない方が良いと思う」

「はい」

「体調は？」

「悪くありません」

「良かった。心配していました」

「頭以外は」

「なにか、不具合が？」

「ぼんやりしています」

「それは、薬のせいです」

「ええ、今は、だいぶ切れてきたかも」

「いらいらすることがあるかもしれないけれど、我慢をして」

「いらいら？」僕はそこで少し笑った。「いらいらなんて、したことがありません。どんなふうかな」

「忘れているだけだと思う」

「ああ、そうかもしれない。ほかにも、いろいろなことが思い出せないような気がする」

「自分が誰なのか、とか」

彼女もくすっと吹き出した。「冗談?」

どうだろう。冗談だろうか。それさえも、判然としない。

「冗談かもしれない。さっき、名前を言うなって言ったのは?」

「電話が盗聴されているかもしれないと思ったから」

「大丈夫だった?」

「ええ、たぶん。いちおう確かめたわ」

「そんなことができるんですね」

「工具と受信機があれば」

「ササクラみたいだ」

「え? 誰のこと?」

「えっと、あれ? 誰だったかな……」

思い出せなかった。なんとなく、懐かしい名前だとはわかった。最初はごく身近な存在だと認識できた。だけど、思い出そうとすると、すっと遠ざかっていく。ウィンチで引っ張られたグライダのように、空へ上がっていく記憶。どんどん小さくなって、最後は一度だけ光って消えてしまう。もうなにもない。青い空が広がっているだけ。思い出せない。

「明日も、連絡をして。良い？　覚えていられる？」

「大丈夫です」

「きっとよ」

「わかりました」

「それじゃあ、気をつけて」

「何に？」

「周囲に」

「僕の周囲？　そうですね、それ以外は気をつけようがない」

「ここは空じゃないのだから、いつも周囲に人間がいて、あなたのことを見ているかもしれない」

「はい、そうですね」

「周囲に気を配って」

「わかりました」

受話器を戻す。ボックスを出た。カウンタの端の席で、さっきの男が待っていた。僕は彼を一瞥《いちべつ》してから、店の出口へ向かった。

「おい」呼び止められる。

ドアにもう手が触れていたけれど、僕は一瞬だけ迷った。このまま外へ出るか、それとも振り返るか。空にいるときならば、こんな迷いはない。迷ったらもうお終《しま》いだ。

いつの間にか、音楽が変わっていた。聞いたことのあるブルースに。僕は振り返り、カウンタへ近づいた。

「呼んだ？」男の前に立って尋ねた。

「呼んださ」男は鼻から息を漏らした。牛みたいだ。そういえば、そんな臭いがする。トレーラの運転手かと思ったけれど、牛を運んでいるのかもしれない。「お前、あとで話があるって言ってたじゃないか」

「こちらから話すことはないよ。そちらは？」

「ああ、ゆっくりと話をしないか？」

「残念だけれど、そんな時間がない。人を待たせている」

「へえ、どこに？」

「車に」

「そうかい。まあ、いいじゃないか」

男はにやにやと笑いながら立ち上がり、僕に近づいた。肩に手をかけ、僕の躰を引き寄せる。僕は後ろに下がろうとしたが、彼の手が僕の腕を掴んだ。大きな手だった。力も強い。僕はじっと彼を睨んでやる。顔を近づけて、また例の奇妙なにやにや顔をする。困ったことになった。とにかく、冷静になろう、と思った。

「放せ」僕はできるだけ静かに言った。

「え、何だって？」

「手を放してくれ」

「小さな声だな、おい！」彼はカウンタの方を振り返った。「誰か聞こえたか？」

「お前に言っているんだ」僕は言った。

男がこちらを向いた。もう笑っていない。

「お前？　それは、俺のことか？」

「わかった……」僕は頷いた。

「ああ、素直じゃないか。聞き分けが良いな。じゃあ、つき合ってくれるんだな？　悪いようにはしないさ」

「いや、そうじゃない」僕は言う。「ポケットにあるものを出してもいいか？」

「は？　ポケット？　どこのポケットだ？」そこで男は喉を鳴らして笑った。「可笑しいな。何だ？　拳銃でも出すっていうのか？」

「拳銃なんか持っていないよ。でも、今出すから、手を放してくれ」

男は僕の二の腕を放した。ジャケットの胸のポケットのジッパを開けて、僕は身分証明のカードを出した。ビニルのフィルムに入っている。それを男の目の前に差し出した。

「え、何だよ」男は瞬き、目を細めた。ピントがなかなか合わないようだ。

僕の右手の親指は、機銃のトリガを既に外していた。男の額の真ん中に撃つ。だ、だ、だ。ぱっと赤い風船が膨《ふく》らみ、一瞬で消える。そんな幻想を見た。

「え、パイロットか？　お前が？」

「そうだ」

「本当に？」驚いた顔で、しげしげと僕を見る。「初めて見た。まだ、子供じゃないか」

「奥の連中には、黙っていてくれないか」僕は小声で言った。

「あ、ああ……」男は頷いた。

「できたら、会ったことを誰にも話さないでほしい」

「どうして、ここにいるんだ？」

「いや、それは機密だ。面倒なことにはしたくない」

「いや、俺だって、その……」

「出ていっていいか？」

「あ、ああ……、悪かった」

「いや、べつに、なにも失礼は受けていない」僕は少し微笑んでやった。サービスだ。

カードをポケットに仕舞い、僕は店を出た。振り返らず、そのまま道路を渡る。中央分離帯で車が通り過ぎるのを待つ間に、一度だけ背後のドライブインを見た。カフェのガラスの中が明るくてよく見える。こちらを見ている奴はいない。一瞬でそれを確認。大型トレーラが通り過ぎたあと、走って道路を渡った。地面で動いているものは、どれも遅い。止まっているみたいだ。なにしろ、動かない地面に乗っているのだから、しかたがない。暗い歩道も動かない。歩きながら、電話で話した彼女のことを僕は思い出していた。いつだっただろう。二カ月くらいまえか。彼女が突然、病院に訪ねてきたときのことを。最初、彼女の名前が思い浮かばなかった。けれど、その顔にはもちろん見覚えがあって、ずっと昔のことだったな、という煙みたいな感覚がさっと立ち込めた。

もうずっと、医師と看護師以外には人間には会っていなかったし、電話で誰かと話すことさえなかった。彼女が病室に入ってきたときも、だから、新しい医師だと僕は思った。それにしては白衣を着ていない。ドアを閉めて、こちらを向いたとき、ようやく特別な人間だとわかった。つまり、僕にとって特別、という意味だけれど。

「お久しぶり」彼女はそう言ってから、ベッドの横に近づいてきた。

僕はベッドの上で壁にもたれて座っていたと思う。そういう姿勢でいることが多い。そのときはたしか、本を読んでいたんじゃないかな。どんな本だったかは思い出せない。聖書だって読んだし、新聞も雑誌も読んだ。なにを読んでも、内容なんてほとんど無関係で、ただ、言葉のリズムだけを詩のように読んでいた。歌をうたうのと同じだ。昔からそうだったように思うけれど、もうその頃には、読むものも、聞くものも、自分の話すことさえ、すべて詩か歌だと感じていた。

「こんにちは」僕は彼女に挨拶した。抑揚のない口調だっただろう。それも、詩の一句だったのだから。

「思ったよりも、元気そうだわ」

「元気ですよ」

「でも、復帰はできないの？」

「できると思っています。だけど、どういうわけか許可が下りないようですね」僕はすらすらと話した。久しぶりにしゃべった気がしたけれど、話す機能は錆びついていなかったようだ。

「どうして？」

「どうしてなのか」

「私も、いちおうはまだ裁判中だから、いろいろ制約があって、なんでも自由っていうわけにはいかないの」

「裁判？」

「あなたに銃を向けたことは、その裁判では問われていない。本当の罪は、それなのに。それが一番重いはずなのに……。だから……」彼女はそこで言葉に詰まった。片手を口もとに持っていった。

僕は黙っていた。そして、彼女が話していることを理解しようと考えた。しかし、やっぱりそれは、単なる詩でしかなかった。裁判？　銃を向ける？　何だろう、なんとなく引っかかる奇妙なフレーズではある。

「是非、あなたに謝りたいと思った。ごめんなさい。許してもらえるなんて思えないけれど、あのときには、そうするしかないと、判断していました。私一人でできることは、もうそれしか残されていないと思っていたの」

「今は？」僕はきいた。それも詩のフレーズのように。

「今は、ええ、もちろん、そうではないとわかっている。だからこそ、謝りたいと思って、ここへ来ました。それに、たとえ、そのときの判断が、科学的に、あるいは社会的に正しかったとしても、私は人間を、それも親しい大切な人を殺そうとしたのです。そのことは、どんな言葉でも弁解はできない。それはわかっています。だけど、なんとか、私の気持ちをわかってもらいたかった。お願い。許してほしいの。償いは、なんでもします。私の人生をかけて」

「よくわからないけれど、僕は、べつになんとも思っていません。今、僕がここにいるのは、少なくともあなたのせいではない」

「ええ、それはわかっている。でも、もしかしたら、きっかけには、なったかもしれないでしょう？」

「きっかけ？」

そのあとも、彼女は沢山のことを話し続けた。けれど、もう僕の耳から入る言葉は、まったく意味をなさなかった。記憶にも残らなかった。ただただ聞いているだけで、子守歌のように響いて、心が穏やかになることだけが確かな作用だった。たぶんそれは、この人が自分にとっては確実な味方なのだ、という響きだっただろう。もしかしたら、自分の母親のようなものだったかもしれない。でも、自分の母親さえ、僕はもうしっかりとは思い出せなかったから、これも単なる予感にすぎないのだけれど。

「正式に手続きをして、やっと十分だけ許可が下りたのよ、あなたとの面会の許可が」

「そんなに大変なのですか」

「身分証明を見せてもらえない？」彼女は突然言った。「写真のときの髪型と、だいぶ違っているわね」

僕はポケットからカードを取り出した。

「あ、ほら、このときは、こんなに短いわ。ずいぶん髪が伸びたじゃない」

「そういえば、あまり切っていないかも」

ところが、彼女は写真など見ていなかった。カードをビニルカバーから引き出す。そして、胸のポケットからペンを抜き、そのカードになにか小さく書き込んだ。僕はもちろん黙っていた。彼女がしゃべり続けていたからだ。

「私もね、免許証の写真がとっても変なの。でも、それが、なんていうの、時間が経つっていう証拠なのね。歳をとらないといっても、ちゃんと新陳代謝はしているし、髪も爪も伸びる。古い細胞は新しい細胞に取って代わられるの。人間だけじゃないわ。社会の仕組みもそう。考え方だってそう。何が良くて、何が悪いのか、価値観だってどんどん変化する」

　彼女は、さらにしゃべりながら、そのカードを僕の顔の前に差し出した。そこには、ナンバが書かれていた。しかし、その説明を彼女はしなかった。

「変化をしないものというのは、つまりは、どんどん新しくなっているものなの。あなた方がそうだわ。それは、別の表現をすれば、ある種の成長と同じ意味を持っている。生物学的には、とても興味深い。ただそうなると、そもそもどうして、その状態を維持するように生命は作られていないのか、そちらの方が問題なの。まだ、わかっていない暗い領域だわ。これまでに確かなことは、死んで生まれ変わらないと、生物は進化できない。ずっと生きていたら、種としては死滅するでしょう。だからおそらく、死ぬ機能を持っていたものだけが、地球上に生き残った、ともいえるわけ」

　話をしながら、彼女は僕の胸のポケットにカードを戻した。カードに書き込まれたナンバは電話番号だろう、と僕にはわかった。どうして、それを言わないのか。

　そのあと、少しだけ僕たちに共通する昔話を彼女はしたけれど、僕はぼんやりとしか思い出せなかった。

　彼女は時計を気にしていた。

　ドアがノックされ、内側に小さく開く。僕の知らない男が、顔だけを覗かせる。

「時間です」僕の方を見ずに、彼は言った。

「わかりました。もう出ます」

　男は彼女をじっと見据えて、小さく頷いてから、顔を引っ込めて、ドアを閉めた。

「もし、なにかあったら、私に連絡をして、どんなことがあっても、できるだけ力になります」彼女はそう言うと、僕の胸のポケットを指で押した。カードがある。さきほどのナンバのことが言いたいのだろう。そうか、部屋の外で話を聞いている人間には知られたくない、という意味なのだ。それくらいは僕にもわかった。だから、黙って頷いた。

「握手を」彼女は言った。

　僕は手を差し出す。

　彼女は指を自分の口に一度当て、それから、ポケットから小さな注射器を取り出した。

「これで、願いが叶うわ」小声で言った。

　その注射器が僕の手首に刺さった。

　まったく痛くなかった。

　僕は、毎日注射を受ける。もうすっかり慣れっこだ。

　彼女は、慌てて身支度を整えてから、部屋を出ていった。興奮しているのか、顔が赤くなっていたのが、印象に残った。

僕は目を瞑《つむ》って考えた。

彼女は何者だったか。

そう、少しずつ、思い出せる。

医者ではない、そう、科学者だ。

名前は何といったか……。

ずっと昔のことのように思えた。

彼女は優秀な科学者で、そして、何故か追われている。どうして追われているのか、それはわからない。思い出せないのではなくて、僕には理解できないのだ。

裁判と言っていた。では、彼女は追手に捕まって、裁きを受けているのだろうか。

もちろん、彼女は悪人ではない。だから、捕まっても殺されるようなことはないはず。なんらかの罰を受けるのか、それとも代償を払うことになったのだろう。それも全部、昔のことか。

いったい、この僕とどう関係があったのだろうか。

そこがよくわからない。

彼女は償おうと言った。僕に銃を向けたからだ、と聞こえたけれど、そんな覚えは僕にはない。

夜の空気は冷たかったけれど、躰は何故か温まり、そして軽かった。モーテルの駐車場を横切るまえに、もう一度周囲を確かめる。特に、道路の反対側のドライブインの方を注意した。こちらを見ている者がいないかを。しかし、向こう側に比べれば、こちらは暗い。きっと僕の姿は見えなかっただろう。

僕はトレーラの後ろをわざと歩いた。彼女のセダンはちゃんとあった。僕は音を立てないようにドアを開けて、中に入る。鍵もかかっていなかった。僕が出ていったときのまま。テレビのドラマらしき番組。そして、笑い声。

ベッドでは、彼女が動かない。

俯《うつぶ》せになって、静かに眠っていた。

7

ベッドに入ったら彼女を起こすかもしれない、と考えて、僕はソファに腰掛け、煙草を吸うことにした。テレビも面倒なので消さなかった。

煙を吐く。ベッドの彼女の白い腕を見ていた。そして、突然思い出した。

「フーコ」僕はそれを口にした。

彼女が目を開ける。

顔を上げて、僕を見て、そしてにっこりと微笑んだ。

部屋の真ん中に煙が漂っている。その下に、彼女の笑顔があった。唇が乾いているのが見えた。僕は視力が普通よりは良い。彼女の目もとの雀斑《そばかす》も見える。

「ごめん、寝ちゃった」

「いいよ、寝ていて。疲れたんだよ」

「うん、あんなに沢山運転したこと、なかったかも」

「煙草は買ってきた。もう二本もらった」

彼女は気怠《けだる》そうに起き上がり、手を伸ばした。僕は立ち上がって、キャビネットの上に置いてあった煙草を、彼女のところまで運んだ。

「変な人。投げてくれればいいのに」彼女はそう言いながら、煙草の箱を受け取って、中から一本を抜き取った。

僕はライタを手渡す。それから、もう一度ソファへ戻って腰を下ろした。自分の煙草もまだ残っている。部屋の中は煙でますます白くなる。

「飛行機に乗っているときって、煙草が吸えない？」

「吸えない」

「何時間も？」

「うん、でも、そんなに何時間もは、飛んでいられない。飛んでいる間は、禁煙だよ」

「飛行機に乗せてもらおうって思っていたのに、煙草が吸えないんじゃあねぇ」

「アルコールも飲めないよ」

「え、どうして？」

「酔っ払うから」

「酔っ払うために飲むんじゃない」

「酔う必要なんかないんだ、空では」

「どうして？」

「もう酔っ払っているから」

「ああ……」彼女は口を開けたまま頷いた。「そうか、わかる気がする」

「酔って、吐くことだってあるよ」

「飛んでいるときに？」

「うん」

「へえ、窓を開けるの？」

「開けられないよ、そんな」

「うわぁ……、そう……、それは大変」

「でも、本人は酔っているし、ほかに誰もいないし、そんなに問題でもない」

「うん、でもねぇ……」彼女は深く煙草を吸い込み、溜息のように吹き出した。「会社に電話をした？」

「うん」

「どうだった？　戻ってこいって？」

「ちょっと遠くへ行くことになる」

「そう……」少し寂しそうな眉の角度になった。「どこ？」

「ごめん、それは言えない」

「もう会えなくなる？」

「わからない」

「あんたって、正直だよね」彼女は微笑んだ。「好きだなぁ、そういうところ」

「フーコ」僕はもう一度彼女の名を呼んだ。

「何？」

「ありがとう」

彼女はじっと僕を見つめた。

それから、

彼女は笑いだした。途中で煙にむせたのか、咳き込んだ。

「何なの？　いったい」

「助かったよ」

「明日で、さようならってことね？」

「今でもいい」

「お金は？」

「少しだけ貸してほしい。必ず返す」

「今は嫌。明日の朝、貸したげる。それでいい？」

「うん、ありがとう」

僕は頷いた。草原でひとりぼっちになったシマウマみたいに、素直に頷いただろう。

「ああ……」また、彼女は溜息をつく。「なんか、いい夢を見たよう。どこかの街で、二人だけで暮らせるかもって」

「草原じゃなかった？」

「どこでも良いの」

彼女は微笑んだまま首を傾げ、僕をしげしげと見つめる。

「どこでも、良かったの」彼女は小声で囁いた。

僕には言葉がない。

「でも……」彼女は顎を上げて、息を吸った。「でも、駄目だよね。とても……」首をゆっくりと左右にふる。「とても、そんな生活できっこない」

「できるかもしれない」僕は言った。「僕でない、誰かとなら」

「そうね」

「一人だって、できると思う」

「一人で？」

「うん、一人だって、生きていける」

「想像もできないわ」

「考えていなかっただけかもしれないよ」

「考えていなかったわ」

「それを考えて、ちゃんと考えて、生きていけば、そのうちきっと、できるようになるよ」

「一人でも、生きていける？」

「きっと」

「そうかしら」

「大丈夫」

「可笑しい。どうして、あんたみたいな人から、私、教わっているの？　私の方が歳上なのに」

「教えているんじゃないよ」

「いえ、そうね、そうかもしれない。うん、一人で生きていくかぁ……。寂しくないかなぁ」

「大勢いたら寂しくない？」

彼女はそこで黙って、考えているふうだった。煙草の煙が三度、吐き出された。

「ううん、今でも寂しいわ。だから、飛び出したいと思ったの。好きな人と二人だけなら、きっと寂しくないだろうって」

「そのために、誰かを好きになった？」

「え、誰のこと？」

「いない？」

「どういうこと？」

「飛び出したいから、好きになった？　寂しいから、好きになった？」

「そうかも」

「その順番かな？」

「わからないことを言う人」

「うん、ごめん……」僕は謝った。

「好きな人なんて、うん、いないかも」彼女は前歯を出して、顔をしかめた。「そうね、好きになんて、私、きっとなれないんだ。私って、そう。嫌いな人の方が多いし。嫌なことの方が多いし。誰も、私を好きになってくれないし。だから、いつも酔っ払って、自分でも、どうでもいいやっていうふうにしているの。ね、でも、あんたの前では飲まなかったでしょう?」

「車を運転していたから?」

「違う違う。でも、ありがとう。だいぶ落ち着いた感じ。なんだろう。少しだけど、元気が出てきたみたい」

「それは良かった」

「もう一日だけ一緒にいられない? 明後日では駄目なの? もう一日、一緒にいようよ」

「明日、大喧嘩をするかもしれないよ」

「そうね、うん、ありうるな。いえ、でも……」

「明日戻れば、君も疑われない。何事もなかったことにできる」

「うん、そうね。借金を返すまでは働かないと……」

「借金があるの？」

「あ、いえ、違う。それは嘘。お金の心配なんかしないで」

「きっと、送るよ。できるだけ沢山」

「ふん」彼女は肩を揺すって笑った。「面白い人。いいの、そんな喜ばせてくれなくても」

「嘘じゃない」

「あぁあ」彼女は目に指を当てる。「涙が出そう……、駄目だよね、泣くのは明日の朝なんだから。そう、それまでは、楽しいことをしなくちゃ」

僕は灰皿で煙草を揉み消した。彼女も、躰を伸ばして、サイドボードの灰皿で煙草を消した。煙の製造は終わり。それから、僕はテレビを消した。

静けさが、残された煙と混じり合う。

彼女は毛布の中に白い躰を包んで、僕をじっと見た。明日の分の涙が、頬を斜めに伝っていた。

episode 2: inverted

It was, oh I admit it, that we were kindred spirits. We looked each other in the eye, we saw the same devil, we weren't afraid; it was —— merry. But he outsmarted me; I'd known he could, and hoped he wouldn't, and he did, and now: it's too long to be alone, a lifetime.

第2話　インバーテッド

あの……つまり、あたしたちは同じ血を分けた霊を持っていたってことなの。お互いの目を見つめていると、同じ悪魔が見えたわ。恐ろしくなんてなかった。嬉しかったわ。でも、あの人は、あたしをだました。あたしには、わかっていた。それでも、あの人にそんなつもりはないのだと思いたかったのよ。結局は、思っていたとおり、だまされて、今では……。ねえ独りっきりでいるには長すぎるわね、一生涯というのは。

1

次の日は綺麗な朝だった。地上にもこんな綺麗な光が届くことがあるのだな、と僕は思った。

僕は、近くのバス停からバスに乗ることにした。落ち葉が下に集まったベンチに座って、彼女と三十分くらい話をした。昔の話ではなくて、これからさき、どんな生活がしたいのか、ということを彼女は話した。どこかで、小さな喫茶店をしたい、という夢だった。たぶん、素敵に似合っているだろう。たぶん、それは実現するだろう、と僕は考えた。

そして、バスが来て、僕は乗り込んだ。彼女は微笑んで手を振った。それから、自分の車に乗り込むところまで、僕はバスの中から見ていた。ハイウェイを一人で戻っていくのだ。彼女には少々寂しすぎるドライブかもしれない。だけど、僕にはどうすることもできないし、昨日の彼女よりは、今朝の彼女の方が、少しだけ大丈夫そうな気もした。そういうふうに彼女が演じていたのかもしれないけれど。

バスはとても空いていて、僕は一番後ろのシートに座った。駅まで一時間くらいかかるらしい。その駅から電車に乗って、さらに四時間以上かかる。到着するのは午後だ。バスの中で、僕はほとんど眠っていた。でも、停車するごとに必ず目が覚める。なにかのトラブルがあったのだ、と咄嗟《とっさ》に感じてしまうせいだ。

おかげで、寝過ごすこともなく、駅で無事に降りることができた。思っていたよりも大きな駅で、建物の天井が馬鹿みたいに高かった。格納庫のようだ。こんなに高い天井がどうして必要なのだろう。

ホームがずらりと並んでいて、掲示板を見ても、どこで乗れば良いのかわからない。切符を買うときに教えてもらい、ホームで駅員らしき人にもう一度尋ねてから乗り込んだ。

発車をして、ゆっくりと街の中の溝みたいなところをしばらく走った。まるで、川を下っているような気分になった。やがて、周囲が低くなって、風景が見えてくる。もう家も疎《まば》らになって、平坦な土地が広がっていた。流れる風景を眺めているうちに、僕はまた眠ってしまった。

誰かが僕の膝に触れる。目を覚ますと、前のシートに彼女が座っているのだ。

「フーコ」僕は、すぐに彼女の名前を思い出した。

「来ちゃった」彼女はにっこりと微笑んだ。

「どうして、この電車だってわかった？」

「どこまで行くのかなんて知らない。でも、どこでもいいわ」

僕は、正直に言えば、たぶん少し嬉しかっただろう。他人からここまで執着されるなんて、これまでの僕の人生にあっただろうか。人間って、もっと金属のようにべたつかず、冷たくてあっさりとした、個別の関係を持つものだと認識していた。たとえば、自分の母親だって、こんなに僕に執着しただろうか。

とにかく、僕はそう考えていたのだ。フーコのことだって、きっと単なる客へのサービスとして、そして彼女自身が抱えている混乱の捌《は》け口として、僕に接しているものだと分析していた。分析だなんて大袈裟だけれど、なんとなく、そう信じていたことは確かだ。だから、僕はきっと笑顔になっただろう。口もとを緩めて、自然に微笑んだにちがいない。

けれども、困った状況であることは、すぐにわかった。

僕の頭は、昨日とは比べものにならないくらいクリアになっていた。もういろいろなことが考えられる。沢山の人たちのことや、ずっとさきの時間が見通せる気がした。そうか、もともと、僕はこんな人間だったのか、と驚いたくらいだ。

これから、僕が向かおうとしているのは、科学者の相良《サガラ》亜緒衣《アオイ》のところだ。彼女が僕を匿《かくま》ってくれる。その善意に縋《すが》ろうとしている。

フーコは今の仕事から足を洗って、新しい生活を本気で始めようとしているようだ。でも、その生活に、もしかして僕が必要だと彼女が考えているとしたら、それは明らかに彼女の誤解。僕が必要なはずがない。彼女は間違った幻想を抱いている。おそらく、僕という人間に価値があるという誤認は、パイロットとしての僕、そんな栄光の過去が確かにあった僕の幻影、それをどこかに幻灯のように映し出して見ている。僕自身さえ、もうとっくにそんなものが幻だったとわかっているのに、彼女はまだそれを見続けようとしているのだ。きっと、そう、彼女自身の、あの嘘の物語と同じように、僕に対しても、そんな嘘の物語を作ってしまったのだろう。

やっぱり、はっきりと言わなくてはいけない。

ただ、今は、まずいだろうか。

彼女の笑顔を見ていると、何故かそう思えてくる。せっかくここまで来てくれたのに。

でも、空へ上がってくる敵機だって、せっかく空まで上がってきたのに、たちまち弾丸を食らわせて、地上へ押し戻してしまうじゃないか。

否、あれは違う。地上へ戻るのではない。死ぬことは、地上へ戻ることとは大違いだ。

では、フーコを、この場で撃つか？

僕は自分の右手を見た。親指を見た。

そうか……、ここには機銃はない。操縦桿もない。だから、クイックで背面に入れて、離脱することもできないんだ。

なんと、地上の不自由なこと。

そう、地上には、逃げ場がない。

どこへも逃げられない。

もうこれ以上墜ちられない。

地面にいつもいつも足をつけて、尻をつけて、ただじっとしているしかない。少々走ることができても、すぐになにかにぶつかってしまう。追い詰められてしまう。上にも下にも行けない。真っ直ぐに突き進むことさえ許されないのだ。それが証拠に、この不自由さから逃げ出したい奴は、少し空に近づいて、そこから墜ちるしかない。地面からは墜ちられないのだ。

とにかく、

今は黙っていた。

しかたがない。

彼女と話もしたけれど、またときどき僕は眠った。彼女も疲れていただろう、ほとんど眠っていた。そして、お昼を過ぎた頃には、目的の駅に到着した。遠いと思っていたけれど、こんなものだろうか。

駅から出ると、外は雨が降っていた。傘はない。

「これから、どうするの？」彼女がきいた。「なにか、食べない？」

「ちょっと待って、電話をかけてくる」僕は周囲を見回した。

駅の構内にあるサインで、電話がある方向がわかった。彼女をそこに残し、僕は雑踏の中をそちらへ歩いた。建物の端まで来て、屋外に電話ボックスが並んでいるのが見えた。ガラスのドアを押して外へ出る。雨の中を走り、ボックスの中へ飛び込んだ。受話器を手に取り、コインをポケットから出そうとしたとき、背後でボックスのドアが開いて、僕はガラスの壁に押しやられた。最初は、フーコが僕を驚かそうとしたのだ、と思った。

でも、すぐにそうでないことがわかる。

僕の躰に抱きつくようにしているのは、彼女ではない。

もっと華奢な、そして軽そうな体格。背格好も僕と同じ。

狭い場所で、僕は躰を捻《ひね》って、向きを変える。

目の前の顔を見た。

「クサナギ」僕はその名を思い出した。

ガラスは曇っている。雨の滴が動いていた。

僕は自分の胸を見た。そこが痛かったからだ。固いものが押しつけられている。クサナギの手が白い。その血管も見えた。

拳銃。

しかし、僕はもう驚かない。

ああ、そうか、

そうだったな、と思った。

少し安心したかもしれない。

たぶん……、

正直に言えば、少し嬉しかっただろう。

「どうして、ここへ？」僕は冷静な口調できくことができた。

「もう充分に生きたな」草薙水素《クサナギスイト》が言った。

額にかかった髪から、

滴が頬に落ち、

それが、小さな顎《あご》へ伝っていく。

少女の顔だった。

そう、以前の顔だ。

僕が知っている顔。

「君が来るとは思わなかった」僕は言った。

「私以外に、君は殺せない」

「誰だって殺せるよ、簡単に」

「悪く思わないで」

「思うはずがない」

胸にショック。

僕の背中が、ガラスの壁にぶつかった。

割れたかもしれない。

火薬の臭い。

ああ……、素敵な香りだ。

「ありがとう」僕は言った。

「さようなら」草薙が言う。

ドアが開いて、吸い込まれるように、彼女は外へ出ていった。

僕の背中は、ガラスを滑《すべ》り落ちる。

脚は溶けるように崩れ。

コンクリートの床に沈んだ。

胸が、熱い。

フーコは大丈夫だろうか。ちゃんと帰れるだろうか。

ガラスに滴が流れて。

もう、見えない。

曇っている。

そして、その雲の中から、僕はブルーの空へ。

輝かしい空へ、上っていく。

もう、躰のことなんて、どうでも良かった。

そう思えるときが、いつかは来ると予感していた。

躰から、自由になれる。

天使のように。

翼を広げて。

素晴らしいことじゃないか。

飛行機からだって、自由になれる。

天使のように。

飛び回れるのだ。

翼からは空気が剝がれ。

光の粒子に包まれて。

軽さと、輝かしさと。

すべてが、僕を取り巻くだろう。

気持ちが良い。

何が幸せって、彼女に撃たれたことだ。

願ってもないこと。

夢にまで見たこと。

そして……、

そこで、もう一度だけ、僕は目を開けた。

もしかして、これは夢か？

目を開けると、電車のシートだった。窓の外の風景が流れている。躰は一定の周期で揺すられ、ノイズもリズミカル。外は、いつの間にか雨で、窓には滴が斜めに。

前のシートには、誰もいなかった。

その名前を、思い出そうとした。

そうか、僕は電話ボックスで撃たれて、もう死ぬのだ。

その刹那《せつな》に、この夢を見ているのだ。

そう思った。

思いたかった。

だけど、いつまでも、いつまでも、ノイズは続く。

いつまでも、いつまでも。

死なないから、続く。

死なないんだ。

いつまでも、いつまでも。

死ねないんだ。

いつまでも。

ガラス窓に触れると、冷たかった。しっとりと優しく冷たい。

夢か。

やっぱり。

駄目だった。

僕を撃ちにきたのは、誰だったっけ。

いろいろな記憶がまた、急に消散したような気がする。宇宙空間で爆発した火薬のように無音のまま、弾け飛んで、周囲に落ちていった。落ちたものも、ちりちりと赤い小さな火を輝かせ、やがて綺麗に消えて、なにもなくなってしまった。そんな記憶の香りだけを残して。

2

その駅は、山が迫った傾斜地にあった。この先で峠になるのだろう、引込み線を単機で走っていく機関車が見えた。ホームに降り立ったあと、線路を渡って駅の建物に入った。

ここで降りる客は少ない。近くに人家もなさそうだ。こんな田舎の駅で停車したのは、機関車を交換するためだったようだ。

バス停がある。しかし、誰もいなかった。駅員さえいない。高度のためか気温が低い。息が白く見えるほどだった。

建物から離れ、道路を少し歩いた。アスファルトの黒さは、まだ新しい感じ。白いガードレールが、坂道の途中から続いているのが見える。落石注意の黄色いサインが、少し先のところで斜めに立っていた。

遠くへ来たのだな、と思った。

飛んでいるときには、もっと遠くまで行くことがあるけれど、こんな気持ちになったことはない。もう、今の燃料では引き返しても戻れない、そんな不思議な気分。たぶん、それは距離ではなくて、時間だろう。人生だって、距離ではなく、時間だ。

駅から二百メートルほど坂を下ったところで立ち止まり、煙草に火をつけた。その先にも、道路が下へずっと見える位置だった。幾度もカーブを繰り返して下りていく。さらに下は、霞んで見えない。

周囲には樹があまりなかった。草原と岩肌だけ。駅の向こう側には、高い山が御伽噺《おとぎばなし》の絵本みたいにそびえていた。

僕は空を見た。点のように動いているものがある。飛行機だ。形は見えない。僅《わず》かに白い雲を引きずっていた。高度から考えて大型機だろう。

後ろに気配がしたので、振り返った。でも、誰もいなかった。僕は、電車の中で見た夢を思い出した。

そうだ、彼女がまた現れそうな予感がした。

僕を撃ちにくる。

いつか来るだろう。

彼女に撃たれるまでは、生きていなくては……。

後ろから、車が近づいてくるタイヤの音。僕は振り返った。カーブを曲がり、下ってくる。ヘッドライトをつけていた。そういえば、もう日が落ちたように薄暗い。まだ昼を少し回った時刻だというのに。

道路の真ん中を歩いていたので、脇へ寄った。車は減速し、僕の横で停まる。窓は銀色に光っていて、車内は見えなかった。ドアが開く。ブラウンのロングコートの女だった。

「本当に来たのね」彼女は微笑んだ。

「はい、僕も、夢かと思った」

彼女は僕に歩み寄る。僕は突っ立っていた。彼女は僕に腕を回して抱きついた。

ああ、そういえば、こんなシーンがどこかであったな、と一瞬感じた。彼女の髪の香りのせいか、それとも、その瞳の色のせいだったか。

「乗って」僕から離れて、彼女は言う。そして、駅の方をじっと見た。

僕もそちらを見る。誰もいない。

車の助手席に乗り込み、僕はベルトを締めた。彼女はすぐにスタートさせる。切り返してから、車は来た道を上っていった。車内は、足許がとても暖かかった。

何度もカーブで遠心力を感じた。タイヤの音が独特だった。少しだけ金属音が混じっている。スパイクだろうか。

今度はしばらく下ると、周囲は真っ直ぐの針葉樹の森になった。交差点で左へ曲がり、また上り坂になった。

「カードに書いたナンバを覚えていてくれたのね。良かった、信じられない。またあなたに会えるなんて」

「裁判はどうなりましたか?」僕は尋ねた。

「ええ……」彼女はそこで溜息をつき、そして、にっこりと笑った。「嬉しい、すっかり良くなったのね」

「僕のこと?」

「ええ、もちろん」

よく意味がわからない。

「人間って凄《すご》いメカニズムね。壊れても、ちゃんと元どおりに直るんだから、自分の力で」

「直ったのかな」僕は言った。

「大丈夫、もっと良くなるわ」

そもそも、自分が壊れているとは、認識していなかった。それが壊れている証拠かもしれないけれど。

森を抜けていくうちに下りになり、遠くに民家がちらほらと見える平地まで下りてきた。小さな溜池を過ぎたところで、舗装されていない道へ入る。途中で木製の柵があって行止りになった。彼女は車から降りて、それを開けにいった。柵ではなく、ゲートなのだ。左右両側を押してから、こちらを見て笑った。機嫌が良さそうだ。その笑顔も、懐かしい感じがした。僕の頭のどこかに、仕舞われてしまった記憶の香りか。

車を数メートル移動させて、また停まった。

「僕が閉めてきます」僕はベルトに手をかけた。

「いえ、いいの。お客様なんだから」

もう一度、彼女は車から降りて、今度はゲートを閉めた。僕はドアミラーでそれを見ていた。

彼女はジーンズに茶色のブーツを履いている。道は湿っていて、軟らかそうだった。

車はまた数百メートル進み、低い木造の建物の前を通る。屋根があるトンネルのような所へ入っていく。工場みたいな構造だった。車はそこで停まった。

「ここ」彼女はこちらを向く。「降りて」

僕は助手席から出て、建物を見た。高い天井に小さな明かり採りの窓が幾つか並んでいる。木造に見えたのは外壁だけで、骨組みは軽量鉄骨だった。そして、なによりも驚いたのは、奥に複葉の飛行機があったこと。ここは、その飛行機の格納庫らしい。

「素敵なガレージでしょう？」彼女は言った。

「誰の飛行機ですか？」僕は尋ねる。

「私」

「乗るんですか？」

「ええ」彼女はにっこりと微笑んだ。「習ったの」

「習った？」

「そう、ここではね、これが必要なの」

「何に？」

「何にって、きまっているでしょう。私が移動するために」

「ああ……」

「不便なところなの。山の道が雪崩《なだれ》で通行止めになることがしょっちゅうだし。そうなったら、郵便も届かなくなるわ。食料を買いにいかなくちゃいけない。歩いてはいけないでしょう？」

「でも、飛行機を買うよりも……」

「缶詰でも買った方が良い？」彼女はそう言って、白い歯を見せた。「さあ、あちら」

彼女は歩いていく。僕も従った。

ガレージの横から一旦外に出て、小屋のような建物へ向かった。ステップを上がって、彼女がドアを開けるために鍵を差し入れた。すぐ横に窓があって、暗い室内が見えた。

部屋の中は暖かかった。右手の壁の近くに鋼鉄製のストーブが置かれていた。彼女はまずそのストーブへ行き、下の方にある小さな扉を開けて、スティックで中に黒いものを入れた。燃料のようだ。赤い火が見えた。

手を擦《こす》りながら、戻ってくると、コートを脱ぎドアの横にあったスタンドに掛ける。僕もジャケットを脱いだ。彼女が、それもスタンドに掛けてくれた。

「さて、どうしよう。お腹が空いているんじゃない？」

「いえ、大丈夫です」

「じゃあ、まず温かいコーヒー？」

「ええ」僕は頷《うなず》いた。

彼女は奥へ入っていく。そちらにキッチンがあった。その左奥に急な階段が見える。ロフトへ上がるようになっているみたいだ。そこが寝室だろう。つまり、この部屋とそこしかない。

「あ、暗かったら、そこのランプを」彼女が言った。

僕は窓際にそれを見つける。電気ではない。火を灯すランプだった。

「つけ方、わかる?」

「いいえ」

「じゃあ、あとで教えてあげる」

暗いとは思わなかった。本を読むにしても、窓際ならば充分な明るさだ。

座るようなソファはない。だから、僕は部屋の真ん中に立っていた。

「座りたい? えっと、その、それ……」キッチンから彼女が指をさす。「その上の本を退《ど》けて、そこに座って」

窓際に小さな椅子があった。背もたれもない、シンプルな丸い木の椅子だ。その上に本が何冊も積み重なっていた。僕はそれらを窓の桟の上に移動させ、その椅子を少し手前に移動させてから座った。硬い座り心地だった。

お湯を沸かしているようだ。彼女は一度こちらへ出てきて、床に転がっているものや、キャビネットに散乱しているものを片づけた。でも、位置を移動させただけで、見えなくなったわけではない。散らかっているのは、メモをした紙、小物が入った紙の箱、写真、そんなものだった。床には擦《す》り切《き》れた絨毯が敷かれている。壁のあちこちに、布が留めてあった。なにかのお呪《まじな》いだろうか。

ストーブの奥にキャビネットがあって、その上に写真が二枚飾られていた。どちらも、笑っている青年の写真だった。その顔を僕も思い出した。彼は飛行機乗りだった、彼女の恋人？　それとも夫？　どちらだったか……。それは記憶にない。もしかして、僕が知らないことだったかもしれない。でも、いずれにしても、写真をそうして飾り続ける仲だった、ということが重要なのであって、関係の名称に意味があるわけじゃない。

彼女がカップを持って戻ってきた。片方を僕は受け取った。テーブルもない。置く場所がないのだ。カップを両手で包んで持った。温かい。でも、コーヒーはとても熱かった。粉を溶かしただけのインスタントで、ミルクも砂糖もない。もちろん、僕にはそれで充分だ。口を近づけると、沢山のことを巻き添えにして、地獄へ引き込もうとしているような熱さを感じる。僕はそれを啜《すす》って、地獄から伸びた何本もの手を回避しながら飲んだ。

「でも、本当に、よく回復したわね」彼女はストーブの向こうにあった木箱に腰掛けた。椅子にするにはずいぶん低い。僕を見上げるような角度になった。「本当のことを言うと、もう駄目かとほとんど諦めていたの」

「僕も」

「諦めていた？」

「もしかしたら、今も」

彼女は息を吐いて微笑んだ。優しい顔だ。

「大丈夫。ここまで一人で来られたのだし、そんな口がきけるなんて、もう正常だわ」

「薬が切れて、昨日よりは、今日の方がずっとすっきりしています」

「うん、でも、気をつけてね。ヒステリックな症状がときどき表れるかもしれない」

「暴れたりとか?」

「うん、そういう可能性もあるわ」

「それは、危ないなあ」

「起きているのに、夢のように、幻覚を見たりするかもしれないし」

「ああ、夢は見ました。電車に乗っているときに」

「どんな夢を見た?」

「殺される夢。クサナギが追ってきて、僕の胸に」僕は自分の左の心臓に指をつける。「銃を突きつけて、撃った」

「そう……」彼女は少し深刻な表情になった。「それで、どう思った?」

「幸せだと思いました」

彼女はちょっとだけ眉を上げ、その表情を固定したまま顎を持ち上げた。それから、遅れて今度は微笑んだ。というよりも、微笑もうとした。笑顔を作ろうとした。

「殺されたかったわけ?」

「そうです」

「クサナギの顔を見た？」

「見ました。間近に」

「どんなふうだった？」

「どんなふうって？」

「うーん、たとえば、髪は？ 長かった？ それとも短かった？ 覚えている？」

髪から落ちた滴を思い出した。はっきりとイメージできる。

「はっきりと覚えています。短かった」

「今のあなたよりも？」

「ええ」

「うん。ということは、だいぶ昔のクサナギ・スイトってことになるわね」

「そうですね」

「そういう願望が、あなたにはある、ということかしら？」

「どんな願望ですか？」

「うん、まあ、いいでしょう」彼女はカップに口をつけて、話を中断した。それから、一度顔を上げて目を瞑《つむ》り、口を尖らせる。なにかを考えている様子だ。「いくつか質問をしたいの。気楽に答えて。べつに、それでどうこうなるものではありません」

「はい」

「記憶について、ききたいの」

「思い出せないことが沢山あります」

「ええ、それは心配しなくても良いわ。覚えていないのではなくて、記憶しない。うーん、つまり、無意識に行動して、すべてをこなしてしまう。成長が止まって、そのうえ年齢を重ねると、普通の人間でも多かれ少なかれそういった状態になります。昔のことは覚えているのに、つい最近のことが思い出せない、なんてこと、聞くでしょう?」

「老人ならば……。僕は、もう老人ですか?」

「いえ、躰は若い。それは間違いのないこと。だから、相対的に精神が老いている状態といえば、そういえるかしら」

「なるほど」

「肉体的な変化がなくなると、同じルーチンに対して、無意識に処理をしようとする。躰の動きが合理化されていく、といっても良いわね。だから、処理経路が短絡して、記憶に残らない。考えずに動いているから、情報を覚えない。さらに、記憶の出し入れのルーチンがパスされて、ものごとを抽象的にしか捉えなくなる傾向が強くなる。たとえば、固有名詞を忘れてしまって、概念だけでものを考えるようになる」

「ああ、そうです。そのとおりです」

「あなたたちには、その傾向が共通しています。それは、これまでのデータでも個別には指摘されてきたことです。ある学者は、生物の遺伝子に老化がプログラムされているのは、これを防ぐための防御反応だったのではないか、と論文に書いたくらい。つまり、老化も、ある意味では、可能な成長のパターンであって、生物の自己保存には常に変化が必要だと」

「変化することが、つまり、生きることなんですね」

「ええ、でも……、なにしろサンプルが少なすぎて、それが個体差によるもの、性格的なものなのか、肉体的なものからの影響なのかは、はっきりとはわかっていない。ただ、ぼんやりとして、記憶に留めなくなるという症状は、もう十人以上のかなり極端な実例が報告されています」

「どうなるのですか？」

「あまりはっきりとは言いたくないけれど……」

「かまいません」

「酷い例では、もちろん人格崩壊に近いものが観察されます」

「狂ってしまうんですか？」

「あくまでも、記憶障害が主です。精神障害はそんなに多くは見られない」

「具体的に、どんなふうに？」

「うん。そうね……。毎日、目覚めると、新しい自分を探すことになるわね。ただし、今のところ、急激な進行性のものは認められていません。脳の機能に問題があるとは思えない。若い健全な脳なのです。原因はよくわからない」

「避けられないのですか？」

「女性のキルドレには、回避する可能性が残されているけれど、男性の場合は、理論的には一生キルドレのままです。もちろん、キルドレでなくなっても、でも、障害は残る」

「それでは、戻れないのと同じですね」

「そうね、私の予測では、一度その状態になったものを修復することは難しい。これはやはり、そういった信号が刻まれるからなの。一種の傷のようなもので、ある程度は別のネットワークで補うことができても、その傷が消えるわけではない。傷自体がネットワークなの。跡はいつまでも残るわね。別のネットワークで補うことによって、逆に、その傷が際立つといっても良いでしょう。人の精神には、そういう特性がそもそもあるのよ。恐かったことをいつまでも覚えていて、精神障害が出たりするでしょう。傷を消して忘れるのではなくて、いつまでも残そうとするんです。その方が、危険を回避するための防衛になる、と躰が考えているわけね」

「何のための防衛ですか？」

「それは、もちろん生き延びるためよ。生命は、生きて子孫を繁栄させることが最終目的です」

「僕たちは、生きていても、子孫は繁栄しない」

「そうね」

「つまり、もう死んでいるようなものなのですね？」

「いえ、今では、人類は一般に、子孫繁栄に関わらない生き方をしているでしょう？　誰ももう、そんな単純なムーヴメントで生きているわけではないわ」彼女は首をふった。「それは、それだけ脳が複雑化したせいです。ただ、肉体や精神の一部は、依然として原始的なメカニズムなのね」

彼女は食事の用意を始めた。時刻はまもなく十五時になる。昼食だろうか。彼女もまだ食べていないのだろうか。それはきかなかった。僕は彼女の許可を得て、隣のガレージにある飛行機を見にいった。

四気筒水平対向のエンジンを搭載した複座の練習機だった。ずいぶんまえに、同じ機体に一度だけ乗ったことを思い出した。どこだっただろう。たぶん、航空学校だ。それ以外にない。機種の名前は思い出せなかった。ボディは塗装を何度もやり直した形跡があって、もうメーカの名も機体の名も残っていなかった。プロペラが木製。そのカーブに手を触れて、滑《なめ》らかさを確かめた。

主翼の上に乗り、後部の操縦席に乗り込んだ。ボディは、すぐ後ろから、翼と同様に布張りになる。メータの幾つかは取り外されていて、アルミのプレートに丸い穴が開いていた。低空で有視界飛行しかしない仕様になっている。操縦桿の根本にあるワイヤが二重になっていて、まだ新しかった。曲技飛行でもしていたのだろうか。

飛行機のシートに座れるなんて思わなかったから、嬉しかった。右手で操縦桿を握る。機銃のトリガはない。細くて軽い杖のような操縦桿だった。少し動かしてみると、上にも主翼が見えるから、エルロンの動きがよくわかった。頭の上には、燃料タンクがある。亜鉛合金でできているのだろうか。まるで湯たんぽだった。

目を瞑る。

ああ、ここで死んでも良いかもしれない。

僕の躰にスイッチがあるなら、ここでオフにしても良いな。

そんな穏やかな気持ちになった。それだけでも、ここまで逃げてきた価値があったかもしれない。

3

食事をしている最中に、外でもの音がした。彼女が機敏に立ち上がって、窓へ見にいった。

「警察だわ」彼女は振り返った。「悪い。ロフトへ上がって。隠れていて」

僕は立ち上がり、いちおう部屋を見渡した。そして、自分のジャケットを掴んでから、部屋の奥へ。彼女が僕の皿をキッチンへ片づけているのを見ながら、梯子《はしご》を上がった。

ロフトには、マットレスと毛布があって、隅に小さなランプ、そして、本やノートが数冊積み上がっていた。

僕は毛布の中にくるまって、隠れることにした。でも、もし人がここへ上がってきたら、見つかってしまうだろう。

車が近づいてくる音が聞こえた。彼女はドアを開けて外へ出ていったようだ。静かになった。一度だけ、車のドアの音が聞こえただけ。話し声はまったく聞こえない。ロフトには窓がないから、様子はまったくわからない。

毛布を被って、僕は目を瞑っていた。

あとで、滑走路を見てこよう。いざというときは、あの複葉機に乗って離陸すれば良い。エンジンにはスタータがあっただろうか。操縦席を頭に思い浮かべる。そんなスイッチはなかったように思えた。しかし、彼女はたぶん、一人であれを動かしているのだ。一番大変なのは、引っ張って外へ出すときだろう。

また、車のドアの音が微《かす》かに聞こえた。そして、しばらくあとに、大きな音が響いた。誰かが入ってきたようだ。

僕は毛布の中でじっとしていた。

軋《きし》む音。梯子か。

上ってくる。

もう駄目かもしれない。

そして、すぐ近くに人の気配。

草薙水素が僕を撃つ、という幻想をまた一瞬だけ見た。

毛布が捲《めく》られ、同時に僕の躰に、手が触れる。

彼女だった。

「大丈夫、帰った」彼女が僕に囁《ささや》いた。

「警察が、どうして？」

「うん、私がまだそういう身分なの。ときどき保安官が会いにくるわけ。ここにちゃんといるかどうかを確かめているのよ」

「僕のことが、話題に？」

「いいえ」彼女は首をふった。「大丈夫」

彼女は僕の隣に横になった。

そして、僕の背中に手を回して、躰を寄せた。

「ああ、なんだか、懐かしい。ずっと一人きりだったから、こんな、人の温もりなんて、忘れていたわ。ごめんなさいね。嫌かしら?」

「いえ」

「じゃあ、少しだけ、こうしていさせてもらえる?」

「ええ」

彼女は僕を強く抱いた。子供のように。

「こうしているだけで、とても……」彼女の声と息が、耳もとで僕に触れる。「ああ、嬉しい。ねえ、子供のときを、思い出さない?」

彼女は本当に嬉しそうだった。躰が小さく震えているのがわかった。子供のとき、と彼女が言った意味は、僕にはわからない。子供のときに母親に抱かれた記憶だろうか。それとも、友達とこんな遊びをした、という意味だろうか。

僕も彼女の背中に手を回して、躰を引き寄せた。少しずつ、少しずつ、体温が伝わってくる。彼女は僕の髪に触れて、それを優しく撫《な》でた。僕は黙っていた。話すことを考えたけれど、思いつかなかった。

「こうしていると、落ち着かない?」彼女がきく。

「いえ、特に、変わりはありません」

彼女は、そこで少し笑ったようだ。躰の振動でそれがわかった。

「こんな医療行為は、ちょっといけないわね」僕を抱く力が少し弱まった。「かえって逆効果ということだって、きっとあるでしょうし、問題だわ」

「いえ、大丈夫です」

「ありがとう。受け入れてくれて」彼女は楽しそうな声だった。「不思議ね。パイロットって、みんな全然戦闘的じゃないわ。あなただって、もっと神経質な人だと、私、思っていた。でも、全然そうじゃない、とても穏やかで、優しくて」

「仕事をしているときは、神経質になります」

「うん、でも、どうしてかしら？　どうして、こんな優しい人たちが、空で血を流して戦うの？　敵と銃を撃ち合うのは、どうしてなの？」

「さあ、どうしてかな」僕は答えた、言葉だけで。

その理由を、僕は知っている。

たった今こうして、彼女と抱き合っていることと、まったく同じなのだ。温かさを確かめるために、操縦桿で優しく相手を抱き、接吻《くちづ》けるように機銃を向ける。

これが愛だろうか？

あれが愛だろうか？

彼女は静かになった。

僕も黙っていた。

三度くらい呼吸をしてから、彼女は僕から離れた。起き上がって、一度髪を払い、僕に微笑んでから、梯子に脚を下ろした。

「疲れていない？　少し眠ったら？」

「いえ、電車の中でずっと眠ってきたから」

「なにかしたいことがある？」

「食事は？」

「あ、そうか」彼女は口を開けた。「ごめんなさい。途中だったわね。あなたのお皿は片づけてしまった。もう一度、温めて、出し直すわ」

「いえ、僕はもういらない。あなたが途中だったのでは？」

「ううん、私ももういいわ」

「少し、この近くを散歩してきても良いですか？」僕は起き上がりながらきいた。

「散歩？　寒いし、それに、なにもないわよ」

「空はもっと寒いし、もっとなにもありません」

「まあ、そうね」彼女は口を歪《ゆが》めて頷いた。「空よりは、いろいろあるかも」

4

ジャケットでは寒すぎるからと、彼女は毛皮のコートを僕に貸してくれた。首の周囲に毛の長い動物が取りついているみたいなやつだ。そんなものに顔を埋めるなんてぞっとしなかったけれど、断るのも失礼かと思い、僕はそれを着て外へ出た。草原を抜ける道がある、とだいたいの地理を教えてもらった。

「一緒に行こうか？」彼女はきいた。

「いえ、大丈夫。すぐに戻ります」

僕は歩き始めた。途中で振り返ると、小屋の戸口でまだ彼女がこちらを見ていた。

一番確かめたかったのは、滑走路だった。ここは傾斜地で、建物がある場所から、草原はなだらかに下っている。平坦な部分はほとんどない。それでも、短いながらも二百メートルほどの滑走路が造られていた。その先もずっと草地が続く。方向としては、どちらへも離陸することができる。山の上からの風が強い場合だけは、ダウンに取られるから要注意だけれど、そうでなければ、そんなに難しくもないだろう。しかしもちろん、平野に比べれば、飛べる天候は限られるにちがいない。今も、かなり強い風がときどき舞うように吹いていた。

後方の山が高い部分だけ見える。道路の辺りは曇っていてはっきりしない。下の白い岩肌と、小屋や格納庫の位置だけが盛り上がっているのが、離れたところから眺めてわかった。下方は草原が広がるばかりで、数百メートル離れたところに池がある。あとは黒っぽい森林。残りは白い霧に霞んで、空の雲と境界なくつながっていた。

じっと見ていると、ここは地上からは離れた土地、つまり、天国なのかもしれない、と錯覚できる。あの駅の電話ボックスで僕は草薙に撃たれて、それで電車は行き先を変更して、天国へ到着したのではないか。彼女も、裁判なんてしていない。監獄で死んで、ここへやってきたのではないだろうか。

でも、もしここが天国だったら、もっと大勢が出迎えてくれてもよさそうなものだ。僕の周囲にいた何人もが、天国へ移住したはずなのだ。

滑走路の端まで歩き、また引き返してきた。それから、反対方向へ深い草原の中を通る小径を下っていった。ときどき忘れた頃に、小さな白い岩が地面に現れる。上の岩壁から崩れ落ちた破片だろうか。しばらく歩くと、窪《くぼ》んだ土地が少し開けて、沼のような部分があった。その向こうに人家らしき建物が一つ。あそこが隣の家か、と思う。彼女の小屋から五百メートルほどの距離だろう。たとえば、銃声は聞こえるだろうか。少なくとも、あの飛行機がエンジンをかけて離陸したくらいでは聞こえないだろう。

空は相変わらず灰色に沈んでいて、太陽は見えない。寒々しい空気だ。でも、雨が降りそうな感じではなかった。気温も氷点下ではない。風はむしろ生暖かく感じるほどだった。

飛ぶものがあった。鳥だ。僕は立ち止まって、その軌跡を捉えた。緩やかにバンクして、高度を維持している。上昇気流に乗っているようだ。鷹《たか》だろうか。草原に獲物を探しているのかもしれない。しばらく待ったけれど、降下はしなかった。

また少し歩いたところに、黒っぽい岩場があったので、そこに腰を下ろして休んだ。道が平坦でないだけで、意外に疲れるものだ。飛ぶことと違って、歩くことなんて、どれだけでもできるものだと思っていたけれど、そうでもない。やっぱり疲れてしまうのだ。

空を見る。さきほどの鷹はもう姿が見えなかった。これが相手の飛行機で、見失ったりしたら、非常に危険な状態を意味しているけれど、今は大丈夫なんだ、とわかって思わず笑みがこぼれた。一人で笑うなんて、自分でも不思議なくらい。しかも、地上にいるときに笑うなんて。

周囲を見渡す。鷹が草原から羽ばたいて飛び立った。狩りは終わったようだ。なにか摑んでいる。

後方に両手をつき、僕は空を見上げた。

そのときだった。

一機の飛行機が雲の中から現れ、こちらへ近づいてきた。遅れて、エンジン音が届く。

地上近くまで降下してエンジンを絞り、斜面に沿って、今度は彼女の家の方へ行く。また、高度を上げ、旋回に入った。

戦闘機だ。

僕は驚いた。そして、岩陰に身を隠していた。でも、僕は飛行機に乗っているわけではないのだ。隠れる必要なんてない。戦闘機は地上の者を攻撃などしない。

もうかなり遠かったけれど、小屋から彼女が出てくるのが見えた。飛行機に気がついたのだろう。

旋回をして再び地面に近づいたとき、なにか小さなものが落ちた。地面に真っ直ぐに落ちていく。

エンジン音が高まり、戦闘機は上昇する。あっという間に、雲の中へ消えた。素晴らしい上昇だった。あんな真似ができる機体は多くはない。機種には見覚えがあった。名前は思い出せないけれど。ただ、その飛行機とはどこか違う。改造されているか、それとも、僕が知らない新型なのか。エンジンを載せ換えていたかもしれない。僕の会社が使っている機種ではなかった。つまり、敵機だ。

この土地がそういうエリアなのか、と僕は驚いた。中立地帯だろう、くらいには考えていた。爆撃機が通過することはあっても、戦闘機が飛来するとしたら、近くに基地があるか、それとも海に空母がいることになる。海？　そんなはずはない。海はずっと遠い。でも、もちろん、飛んでこられない距離ではない。ありえない話でもないか。

あるいは、あの戦闘機を戦争以外の目的に使っている組織があるのか。たとえば何に使う？　まさか郵便配達ではないだろう。戦車で畑を耕すようなものだ。

その飛行機が雲の上に出る。

それを僕が追う。白い雲の上を、鮮明な機影が走る。

翼を立てて、奴は旋回する。僕もそちらへ倒れ込む。

お互いに上に相手を見て、自分はシートに押しつけられる。

左手のスロットルは待っている。

右手の操縦桿は我慢している。

機体が軋み、空気が鳴り、エッジで水蒸気が靡《なび》く。

びびる風防。歪《ひず》むポリカーボ。

フェイント。

そして、すぐ戻す。

旋回半径は徐々に小さくなり、加速度は増す。

切り込む。

相手も来る。

もう、上も下もない。

翼が触れそうな距離ですれ違い。

近すぎて撃てない。

振り返り。

後方を必死で見る。

スロットル・ハイ。

どちらへ？
左だ。
ダイブに入れる。
反転。
そちらが下だ。
機体が振動。
シリンダが一つぐずついているか。
上がってくるぞ。
反転。
しかし、もう行くしかない。
ラダーでスライドさせて微調整。
相手も斜めに滑ってくる。
来い。
右手が待つ。
来い。
撃ち。
相手の機銃も光った。

即座に右へ倒れ込む。
世界が逆へ回転。
エレベータを押し倒す。
エンジン・スロー。
探す。
どこにいる?
反転。
どこだ?
後方に発見。
速い。
上ってくる。
アップ。
失速に入れる。
早く落ちろ。
撃たれるか。
下を向いて落ちていく。
スロットル・ハイ。

吸い込まれる。

トルクでローリング。

任せて急降下。

横から来るが、なんとか躱《かわ》した。

さらに落ちる。

エンジンを絞るか。

相手を追う。

急旋回に入れている。

立て直すには遅すぎる。

僕はそのまま雲の中へ突っ込んだ。

そこで、目を開けた。

息が苦しい。鼓動が早かった。

今にも、目の前の雲の中から、あいつが飛び出してくる、そんな気がした。良かった、飛んでいなくて。今のは、どこが間違っていた？　否、あんなに早く旋回できるはずがない。自分自身の妄想なのに、悲観的すぎる。

呼吸を落ち着ける。頭を振って、取り憑いていたものを振り払った。そうか、これが幻想か、薬が切れたときの。

さっき見た飛行機も幻想だろうか？

彼女の家の方を見る。

こちらへ向かって彼女が歩いてくる姿が見えた。まだ三百メートル以上離れている。僕の位置がわかるはずがない。

僕は岩から小径へ下りる。

そして、彼女の方へ向かって上っていった。

「サガラ」口から彼女の名前が出た。二度めか？

そう、相良だ。科学者の。

僕はどうして、彼女を頼ってここへ来たのか。

その理由を考えなければ。

5

草原の途中で彼女と出会った。てっきり家へ戻るものだと思っていたら、彼女はどんどん道を下っていく。そして、僕が座っていた黒い岩場も越えて、その先の分かれ道を、今度は上り始める。今まで見えなかった風景が開けてきた。

戦闘機のことを聞こうと思っていたけれど、彼女がどんどん歩いていくので、僕は黙ってついていった。話したければ、彼女の方から話すだろう。ただ、彼女はなにも持っていなかった。飛行機からなにか落ちたように見えたけれど、それを拾ったわけではなさそうだ。

岩場の上に出た。その辺りにだけ、少し背の高い植物が茂っていた。草ではない。でも樹というには低すぎる。さらにその上からは急斜面が迫り、黒っぽい岩に苔《こけ》のようなものが付着している。道はもうなかった。このあとは、巨人の階段のような岩を一つずつよじ登らなければ上がっていけない。

最初の岩に上ったところで、彼女は立ち止まった。

下に展開する風景を見る。霞んでいるので、遠くまでは見えなかった。けれど、すぐ眼下には草原とそれを取り囲む森林が扇形に整っている。左右どちらへもほぼ対称に傾斜していて、このポイントがこの地形の特別な位置だと大まかにわかった。

「ここへ来ると、空が飛びたくなるわ」彼女は言った。そして深呼吸をする。「でも、それは夏ね。今は寒すぎる」

「戦闘機が飛んでいた」僕は言った。話さない方が不自然だろうと思い直したからだ。

「そうね、ときどき来るみたい」

「何のために？」

「さあ……」

「郵便を届けに？」僕はきいた。

彼女は僕の顔を見た。そして、口もとをゆっくりと緩めた。

「そうよ」それが彼女の答だった。

僕の頭はまたクリアになった。つまり、クリアになったと何度も思うけれど、それでもまだ曇っていたのだ。だから、今が本当のコンディションかどうかはわからない。

彼女がこちらへ歩いてきて、僕を押し留めるようにして、この岩場まで上がってきたのは、つまり、飛行機が落としたものを見せたくなかったのか。誤魔化そうとしているのではないか。郵便というのは、たしかにそのとおりかもしれない。あの飛行機となんらかの連絡を取り合った、ということだ。

しかし、それは自由だ。地域的に禁じられていることかもしれないけれど、少なくとも、僕には無関係。ごく自然なことだと思えた。立ち入る問題ではない。

だから、この話題からは離脱しようと瞬時に判断した。操縦桿を倒して、半ロールしたくなる。

「さっきの飛び方で、飛行機に乗っている人から、あなたの姿が見えたと思う？」彼女が質問した。

「いいえ、無理です」僕は答える。それは確信があった。視力の問題ではない。角度的に無理だった。

「良かった」彼女は呟《つぶや》いた。「さてと、この景色について、なにか感想、あるいは質問は？」

「いえ、特に」

「じゃあ、戻りましょうか。それとも、もっと散歩がしたい？」

「そうですね、まだ、そんなに歩いていないから」

「こちらへは、もう道はないわ。歩くのならば、向こう」彼女は家の方を指さした。「池がある。綺麗な池が。そこでボートを浮かべることができる」

「ボートはどこに？」

「それは、車で運ばないとね。明日行こうか？」

「明日があれば」

「明日はあるわ」

彼女の返答は自信に満ちていた。僕は少しほっとした。彼女に明日があることを。

岩場から降りて、僕たちは草原の道を戻った。

「どんな生活がしたい？」歩きながら彼女は尋ねる。

「どんなって？」

「もし、パイロットに復帰できないとなったら、どんなふうに生きていけると思う？」

「もう復帰はできないと思う」

「そう考えているのなら、少し安心だわ」

「どんな生活かは、想像できない。でも、たぶん、どんな生活でもできると思います。働くことが嫌いではない。ただ、あまり大勢の人間とつき合わなければならない環境は、たぶん、僕には向かない」

「どうして？」

「人と接していると、考えることが多すぎて、疲れます」

「ああ、それはわかるな。私もそう」

「ところで……」僕は話すことにした。「僕を匿っていることで、あなたに迷惑はかかりませんか？」

彼女は突然立ち止まって、振り返った。

「何を言うの？」

「僕がここにいることで、あなたを危険にしていないかと」

「それは、もちろん、危険がないわけではありません」

「そうですか。では、そんなに長居はできない」

「いえ、それは間違っている」彼女はじっと僕を見据えた。「そんなつもりならば、最初から呼んだりしない。あなたの病室へ行ったときから、もう決心していたことです」

「でも」

「大丈夫」

「迷惑をかけるわけには……」

「迷惑ではない。あなたたちと同じで、私も戦っているのよ。一度はもう駄目だと思った。すべて、私自身が蒔《ま》いた種だともいえる。だから、自分の責任を果たそうとしているだけ。むしろ、迷惑に思っているのは、たぶん、あなたの方なんじゃない？　正直に言って」

「いえ、正直に言えば、ここを出ていっても、行き先はありません」

「ならば、もう言わないで」

「でも、いつまでも、このままというわけにもいかない」

「いつまでも、か……」彼女は下を向いた。そして、ゆっくりとまた歩き始める。「そうね、そんな将来の展望は、私にはないわね。だいいち、自分の人生だって、そんなに長いとは思っていない。きっと、そのうち、殺し屋がやってきて、私を撃つわ。そういう将来しか見えない」

「誰が、あなたを殺すと？」

「まだ、私だけが持っているデータがあります。たとえ殺されても、簡単には見つからないようにしてあるけれど……。でも、殺されるならばまだまし。きっと、薬か拷問で自白させられることになる」

「そんなもの、公開してしまえばいい」

「そうね」彼女は前を向いたまま頷いた。「いったい、どんな正義なのかしら？　どんな使命なのかしら？　倫理？　それとも単なる意地かな。わからない。でも、大丈夫、捕まるまえに自殺する。銃はいつも持っているの」

「僕は、科学というものを知らない。そんなに素晴らしいものなんですか？」

「え？」

「そんな意地になるほど」

「ああ、そうね、そう思うのも……、ええ、そのとおりかもね。だけど、じゃあ、あなたたちが空で戦うことは、そんなに素晴らしいものなの？」

彼女の切返しに、僕は一瞬で理解した。そうか、同じなのか、と。

「私たちが、科学という空で戦うのはね」彼女は振り返って微笑んだ。「人間が乗った飛行機じゃないの」

「誰が乗っているんですか？」

「いえ、飛行機でもないわ。私たちが撃ち落とす相手は、天使よ」

「天使？」

「そう、悪魔かもしれないけれど。でも、どちらも同じものね」

「同じもの？」

彼女の不思議な話は、そこで終わった。道は緩やかになり、小屋が近づいてきた。彼女は先へ駈けだしていった。広い草原の中央へ。僕は立ち止まって、彼女を眺めていた。百メートルも離れたところで、彼女は屈み込む。なにかを拾ったようだ。きっと、あの戦闘機が落としたものだろう。

それは、天使の骨かもしれない、と僕は思った。

6

夕食も質素だったけれど、僕にはまったく不満のないものだった。彼女はワインを開けて飲んだ。僕も誘われたけれど、口にしなかった。その香りだけでも酔いそうだった。

小さな電子音が鳴った。彼女は立ち上がり、壁際へ行く。そして、受話器を持ち上げた。そこに電話があるなんて気づかなかった。積み上げられた本に隠れていたからだ。

「はい……」警戒するような顔で、彼女は応える。

僕の方を見た。微笑まない。しばらく話を聞いていた。

「今からですか？」今度は時計を見た。「あ、ええ、べつにかまいませんが、その、何のお話でしょうか？」

また、しばらく彼女は黙った。

「わかりました。少しだけならば……。あの、場所はわかりますか？　ええ……、そうです。はい……」

彼女は受話器を戻し、こちらへ戻ってきた。

テーブルがないので、キッチンの奥から持ってきたステップが、僕たちの間にあった。

僕は木の椅子に座っている。彼女は木箱に腰掛けていた。彼女は床にあるワインを手に取り、グラスに注いだ。グラスはステップの下の段にのっていた。彼女はワインを一口飲んだ。

「人が来るわ、こんな時刻に、非常識ね」

僕は壁の時計を見る。それが正しければ、時刻は二十時十五分まえだ。そんなに非常識な時刻でもない。この地方では非常識、という意味かもしれなかった。

彼女は、そのグラスを傾けて、赤い液体をすべて飲んでしまった。そういえば、目もとがほんのりと赤く染まっている。もう、相当飲んだのではないか。ボトルは黒くて、中が見えなかったので、どれくらいの量が消費されたのかはわからなかった。

黙っていた。僕はどうすれば良いのか、彼女が教えてくれるだろう、と思い、待った。

「上のロフトが良いかな」彼女は言った。

「わかりました」

「格納庫は、寒いからね」

「向こうでも良いですよ。飛行機の中に隠れています」

「いえ、むしろあっちの方が危ない。見たいって言われるかもしれないから。レディの寝室を見たいと言われたときは、断れるでしょう？」

「誰が来るのですか？」僕はきいた。関心はなかったけれど、きくのが礼儀かと思えたからだ。

「新聞社の人」彼女は簡単に答えた。「えっと、ソマナカ？　そんなふうに聞こえたけれど。もしかして、知っている？」

「いえ」僕は答えた。「顔を見ればわかるかもしれませんが、名前はほとんど覚えていないので。飛行機の名前も思い出せないくらいです。あと、そう、地名も駄目ですね」

「私の名前は？」

「サガラ」

「ありがとう」彼女は微笑んだ。「下の名前は、覚えている？」

「アオイ」

「嬉しいわ。私は、あなたにとって、少しは特別だったのかしら？」

「そうかもしれません」

彼女は溜息をついた。そして、ボトルを持ち上げて、またグラスへ注ごうとした。しかし、途中で時計を見て、それを諦めた。

「どれくらいで来るんですか？」僕は尋ねた。

「駅から電話をしてきたから、まだ二十分以上はかかるわね」

「車で?」

「車以外では来られない」彼女は立ち上がった。「さて……。もう、いい? 充分に食べられた?」

「ありがとう。ええ、充分です」僕も立ち上がった。「片づけます」

「いえ、大丈夫」

グラスと食器をキッチンへ二人で運んだ。彼女がそれらのほとんどを洗った。水はびっくりするほど冷たい。手が痺《しび》れるくらい。

僕は、ロフトへ上がって、毛布にくるまる。梯子を上がっていくときに見えた彼女は、メガネをかけていた。酔っ払っているくせに、仕事をしていたふうに見せるつもりだろうか。

そのあと、僕は眠くなって、うとうととしていた。体調は悪くない。珍しく沢山食べたこともあって、多少躰が重い感じはした。でも体重なんて、飛行機に乗らないならば無関係だ。

どうせ、僕という人間は、もう何物にも無関係なのだ、と感じた。ただ、化石のように一種の標本として、一人の科学者が興味を示しているだけの存在。彼女の実験のデータのために、僕はきっとここにいる。そう思えた。それは全然不満ではない。不自由でもない。

飛行機に乗れないのならば、特にしたいこともないし、行きたいところもない。会いたい人もいなければ、欲しいものもない。

横になって、毛布を顔の半分まで引き、じっとしていた。

どうして生きているのだろう?

不思議だな。

なにもしたくないのに、生きていて、良いのだろうか。

悲しくもなく、寂しくもない。

怒りもなく、憤りもない。

嬉しいことも、楽しいことも、既に遠い。

もう感情なんて、いらないかもしれない。

機械のように生きているだけ。

でも、それが純粋で、かえって気持ちが良いとも思える。

逆にいえば、どうして感情なんてものがあったのか。

ありもしないものを考えて、勝手に怒ったり、悲しんだり。

そして、それを、自分以外の者へ向けて伝えようとする。

地上という沼に溜まっている人間たち。

そこで混ざり合っているうちに、

こんな余分な、
べとべとしたものにくるまれてしまったのだ、きっと。
だから、今はまだ、そういったものがなくて、
すっきりしている。
これから、このどろどろの沼で生きていくことを選べば、
僕もいずれ、べとべとになるのだろうか。
べとべとで、躰はますます重くなる。
もう、絶対に飛べなくなる。
それよりも、
そのまえに、
もう一度だけ、空へ上がって、
そして、
そこで、
死ぬことができないだろうか。
ああ、溜息が漏れるほど、それは素敵だ。
素敵だ。
欲しい。

そんな、綺麗なものが、欲しい。

けれど、それが選べるような立場には、もう僕はいない。

今の僕はもう、沼の中にすっかり沈んでいるのだ。

もう遅い。

残念だけれど、それは認めなくてはならないようだ。

僕はもう子供ではない。

いつまでも、子供ではいられない。

当たり前のことか。

普通のことなんだ、これが。

目を瞑ると、自分の躰が宙に浮いているような気分になった。

沈んでいるんだな。

沈んでいく途中だ。

もうすぐ、沼の底に。

頭が下がり、足が上がる。そんな重力を感じる。

呼吸をゆっくりと繰り返す。

また、撃たれる幻想が見えそうな予感がした。

撃たれたい。

撃ってほしい。

あの胸の熱さを、もう一度だけ体験したい。

冷たく、濡れた、ガラス。

僕の背中から突き抜けた弾丸が、蜘蛛《くも》の巣《す》状にガラスを砕く。

血。

赤い。

熱い。

滑り落ちる躰。

失速。

反転。

ダイブ。

ハウリングのような響きが耳の奥から。

だんだん、大きくなって。

何の音だろう。僕の躰の中で発生した音だろうか。

鼓動がドラムのように、機銃のように、響き。

目を開けると、思ったとおり、そこに空があった。

風防はクリア。曇りも、ひびも、ない。

雲。

白い。

冷たい。

反転。

こちらが下か。

黒い地面へ。

回っている。

振り返った。

プロペラ。そして、カウリング。

エンジンは大丈夫。

左右の翼を見る。尖端で白い水蒸気。

空気を切り裂いて、降下している。

躰はシートから浮き上がろうとする。

右手は操縦桿を掴み直す。

夢を見ていたようだ。

敵機はどこだ？

反転。

アップ。
シートに躰が沈み込む。
半ロール。
周囲を見回す。
さらに半ロール。
探す。
いない。
探す。
どこへ行った？
隠れるところなどない。
いない。
上にはいない。
もう一度下を見て。
下が一番見にくい。
目を凝らした。
白い細い筋が、動いていた。
あれか。

僕はほっとした。

そう、墜としたのだ。

僕が、この右手で射止めたのだ。

忘れていた。

これで、何度目だ。

気がつくと、無意識に動いている。

無意識に戦っている。

おそらく、その方が速いからだろう。

僕の意思をパスして、反射的に飛んでいるのだ。

そして、気がつくと、意識が戻ると、

夢を見ていた気分に襲われる。

とても長い夢を見たあとのように。

心臓の鼓動が速く。

呼吸も苦しくて。

躰は、極限状態を続けてきたのに。

心は、眠っていたのだ。

何の夢だったか、もう思い出せない。

ひとまず、旋回しながら下りていく。そして、墜落する敵機を見届けた。そうだ、こいつが最後の一機だった。そして、僕も最後の一機だった。もう、飛んでいる奴は僕以外にいない。

静かになった。

一人になった。

息を繰り返すうちに、汗が噴き出す。

どうやって最後に競り勝ったのか、覚えていない。それだけ、相手が強かったということか。そう、荒々しい若そうな飛び方だった。もっと洗練されれば、さらに強くなったかもしれない。僕に出逢ったことは不運だった。でも、わからない。幸運だったかもしれない。かえって、僕の方が不運だったかもしれないじゃないか。今日が、墜ちどころだったかもしれないじゃないか。そう思うと、笑えてくる。

何が可笑《おか》しいんだ?

酔っ払っている。

パルスの無線信号を放ち、交信を試みたが、応答はなし。

とりあえず、磁石を信じて、そちらへ戻ることにした。メータをチェック。異常なし。

ゴーグルを外すと、自分の髪がナメクジみたいに冷たかった。

目を擦る。

そして、再び目を開けると、目の前は灰色の壁。僕の右手は毛布の端を摑んでいた。

7

男が入ってきたようだ。

「そこに座って」彼女が言った。

「どうも、夜分に大変恐れ入ります」

「そうね、夜分だね」

「申し訳ありません。しかし、一刻も早くお目にかかりたかったものですから。あのぉ、こちらには、お一人で?」

「さあ……。プライベートなことです」

「いえ、すみません」

「ソマナカさん、とおっしゃったかしら?」

「ソマナカです。お話を伺いたいのは、もちろん、クサナギ・スイトのことについてです」

「あなたが知っている以外のことを、たぶん、私は知りません」

「でも、幼馴染みだと伺いましたが」

「私以外にも、沢山の幼馴染みがいるでしょう。べつに親しかったわけではありません。学校で見かけたことがある、という程度です」

「このまえの大きな戦闘で、クサナギ大尉が亡くなったと聞かれて、どう思いましたか?」

「いえ、私はそのとき、警察に拘束されていて、その情報を知らずにいました。一カ月くらいあとです、聞いたのは」

僕は驚いていた。

たぶん、そう、自分が驚く顔が見えたようだった。

草薙水素が死んだ?

墜ちたのか?

知らなかった。

大きな戦闘? 半年まえに……

そういえば、ほとんどの飛行機が飛んだ。

パイロットを掻き集めて。

大軍どうしが、空でぶつかったのだ。

思い出した。

そう、あれは、酷かった。

煙や破片が、僕の頭の中で舞った。

爆発と振動。
閃光と噴煙。
空全体が揺さぶられているようだった。
数が多すぎる。
敵が多すぎる。
蜂のように多い。
花火のように飛び散った。
あのとき、
僕は、どうしたのか。
生き延びたのか。
よく覚えていない。
基地へ戻れたのか。そんな記憶もない。
やはり、墜ちたのだろうか。
しかし、草薙を墜としたのは、誰だ？
彼女を墜とせる奴がいたのか。
もしいたとしたら、それは、ティーチャ。
彼以外にいないだろう。

ティーチャ？

急にその名前を思い出した。それが誰だったのか、記憶の端に引っかかっていた。指先でクリップを拾うように、それを摑もうとするけれど、滑り落ちる。

誰のことだ？

たしかに、しかし、その名を僕は覚えていた。

そして、

草薙水素は、死んだのか。

彼女の顔ならば、しっかりと思い出せる。さらに、拳銃を僕の胸に突きつけたその白い指、細い指も、鮮明に思い描ける。

いつの間にか、僕は少し震えていた。

寒いのではない。

恐いのでもない。

きっと、戦いたい、という躰の震えだろう。

毛布をしっかりと摑んで、息を殺していた。

下の二人の会話を聞かなくては、と思う。

「私は、残念でなりません。彼女が生きているうちに、彼女自身に気づいてほしかった」

男が話している。「彼女が利用されていることに、気づいてほしかった」

「気づいていたと思いますよ」相良が言った。

「そうですか。しかし、でも、飛ぶことをやめなかったわけです。戦うことをやめなかったわけです」

「それは、話が別だと思います。あの、申し訳ありませんが、そういったお話をされるために、ここへいらっしゃったのですか？」

「あ、すみません、つい、その感傷的になってしまって。とにかく、クサナギ大尉のことが、私は好きだった。彼女を悪い立場に追い込もうなんて気持ちは、これっぽっちもありません。まったくその反対なんです。その点をご理解いただきたいのです。綺麗事で反戦を訴えようという人間ではありません」

「では、何ですか？」

「いえ、わからない……。最初は、ええ、この取材を始めた頃は、たしかにそうでした。社から言われたテーマもそれでした。キルドレを取材して、捩《ね》じ曲《ま》がった人間像を描くのだと。そうすれば、大衆は安心できる。戦争をする子供たちに悲哀を感じることで、自分たちの平和を確認できる。しかし、知れば知るほど、それは間違っていました。彼ら、彼女らは、捩じ曲がってなどいない。捩じ曲がっているのは、我々の方なんです」

「そうです。それにお気づきになったことは幸運ね」

「ええ、本当に。そして次には、彼らは犠牲者だと思いました。この歪んだ社会が生み出したもの、人間という歪んだ生きものが産み落としたものだと。でも、それもまた違っていた。彼らは、少なくとも犠牲者ではない。むしろ、私たちよりも、ずっとずっと誇り高い、勝利者なんです。犠牲者は大勢の大人たちの方だ。哀れなのは、我々なのです。これを受け入れるまでに、私はとても悩みました。何故、戦争をする人間たちを勝利者と呼べるのか。何故なのか。考えても考えても、わからない。つまり、最後は、戦うことを忌《い》み嫌《きら》うのは何故か、という問いに行き着くのです。さあ、何故でしょう？　単なる臆病者なのでしょうか。そんなとき、私は、クサナギ大尉に会った。彼女と話をしたのです。それで、わかった。そうか、と理解できたんです。一度でも彼らに接してみれば、それがわかるでしょう。あの純粋に綺麗な瞳を見れば。あれこそが、人類が持っていた本当の瞳です」

「おっしゃりたいことは、一部ですけれど、わかりました」

「はい、申し訳ありません。ついしゃべりすぎる質《たち》なんです。私は、今はこの自分の気持ちを、少しでも大勢の人間に訴えたいと考えるようになりました。そして、それには、やはり真実が必要なんです。物語では駄目なんです。真実に基づいた記事を書いて、大勢の人たちに訴えたい」

　男はそこで黙った。

　しばらく、沈黙。

「何が知りたいのですか?」

「キルドレは、キルドレでなくなることができるそうですね?」

「知りません」

「それを発見されたことで、博士はごたごたに巻き込まれた」

「ごたごた?」

「すみません。違いますか?」

「どうかしら。私が警察に捕まって、裁判中だということはご存じですね?」

「もちろん」

「ごたごたという表現は適切ではないし、その一連の騒動の原因は私にあります。巻き込まれたわけではありません」

「キルドレについて、研究をされていましたね?」

「いいえ。私の専門は生物学です。たしかに、遺伝子関係には、興味がありますが、専門外です。一般の方にはきっとご理解いただけないと思いますけれど」

「クリタというパイロットをご存じでしょう?」

「ええ」

「お会いになったことがあるはずです」

「もちろん知っています。私が親しかったパイロットの知合いです」

「親しかったというのは、ホンジョーさんですね？」

「そうです」

「ホンジョーさんに近づいたのも、研究のためだったのですか？」

短い沈黙があった。

「お帰りになって下さい」

「失礼しました。そんなつもりで言ったのではありません。私が知っていることを申し上げた方が、お話が伺いやすいのでは、と思っただけです。どうかお許し下さい」

「とにかく、私は、あなたが求めているような情報をなにも持っていません」

「クリタさんは、亡くなったようです」

「ああ、そうですか」彼女は答えた。

「ご存じでしたか？」

「いいえ」

「これは、噂なのですが、クリタさんは、病院を抜け出した。そして、ある娼婦と一緒に逃げていたのです。けれど、最後には見つかって、撃たれました」

「まさか……、どうして撃たれるんです？　警察がそんなことをするはずがありません」

「警察が見つけたのではない。彼の上司が見つけました。見つけたら、射殺するようにという指令が出ていたらしいです。この場合、あの会社内の処理は、戦場と同様に、法の対象外となります。犯罪にはなりません」

「誰が撃ったのか、ご存じみたいですね」

「クサナギ大尉が撃ちました。噂と言いましたが、嘘です。私は、これを彼女から直接聞いたのです」

「それを、私に信じろと？」

「いいえ、それはどちらでもかまいません」

「では、どうしろと？」

「今夜は、ええ、もう引き下がります。どうか悪い印象を持たないで下さい。私は、理解がしたい。彼らのことを本当に理解したいのです。彼らは、理解を求めていると思います」

「そうでしょうか？」

「わからない。でも、少なくとも、私はそうあってほしいと願っています。だから……」

彼はそこで言葉を切った。

顔は見えないが、聞いたことのある声だ、と僕は思い始めていた。今話をしているこの男に会ったことがあるようだ。

「だから、とにかく、できるだけ正しく知りたい。どんなことでも良いのです。情報が少なすぎる。キルドレがどうして生まれて、どうして消えていこうとしているのか。なにか間違っていたのでしょうか？　手違いだったのでしょうか？　それにしては、あまりにも、彼らは純粋すぎる。どうして、こんな綺麗な心の人間がいるのか、と思えるほどです」

「心が綺麗だなんて、主観的なことをおっしゃいますね」

「いえ、たしかに、言いすぎました」

「もう、お帰りいただきますが、ただ、今のことについて、一言だけ申し上げたいと思います」

「はい」

「人間の一部がキルドレです。また、人間の一部が綺麗な心を持っているでしょう。あるいは、人間の大半が綺麗な心を持っているかもしれません。でも、それが外からは見えないようになっているだけなのでは？」

「それは、博士のお考えですか？」

「主観ではありません。客観的な観測を申し上げています」

「ありがとうございます。どうか、また、是非お目にかかりたいと思います。こんな時間ではなく、ちゃんとアポを取って、出直して参ります」

「そうですね」

「是非、お食事でも一緒にいかがでしょうか？」

「それはいきすぎ」

「失礼しました。あの、できるだけ長い時間、お話を伺いたいと考えたものですから、つい……」

「記事にしない。オフレコならば、おつき合いできるかもしれません」

「オフレコは、もちろんです」

「しばらく、こちらにいらっしゃるの?」

「明後日まで」

「また、機会があれば」

「ありがとうございます」

「でも、なにも知りませんよ。期待をなさらないで。ただ、過去のことならば、知っていることは話せます」

「感謝します。では、これで……。本当にありがとうございました。また、よろしくお願いいたします」

「お気をつけて」

「あ、そうだ、すみません、一つだけ……、一カ月ほどまえに、博士は、NBAの病院へ行かれましたね」

「はい、よくご存じですね」

「偶然、お見かけしたものですから。何をしにいかれたのですか?」

「答えなければいけませんか?」

「いいえ、とんでもない。もし、差し支えがなければけっこうです」

「友人があの病院に勤めているのです。研究のことで会いにいっただけです」

「そうですか……」

沈黙がまた数秒間。

「なにか?」

「昨日のことですが、あの病院の前を通りかかったら、警察の車と、それから、無地の紺色の車が数台、駐まっていました。なにか騒ぎがあったのか、と思って、いろいろ人に尋ねたのですが、誰も知らないと答えます。口を揃えて知らないと答えることが、おかしい、不自然だと思いましてね」

「それで?」

「ご友人から、お聞きになっていませんか?」

「いいえ」

「そのこともあって、こちらへ伺ったのです」

「え、それで、私のところへ?」

「そうです。あの病院に博士がいらっしゃっていたことを思い出して、これは一刻も早く会わなくては、と思いました」

「どうしてですか？」

「私の推測を申し上げてもよろしいでしょうか？」

「あまり聞きたくないわね。たぶん、見当違いでしょう」

「そうですか。もちろん、引き下がります。こちらに、万が一、博士のほかに誰かがいても、私はけっしてほかでは漏らしません。信じていただきたいのです。私は、博士やキルドレの味方です。博士の不利になるようなことは絶対にいたしません」

「ありがとう。心強いわね」

「では、失礼をいたします」

「さようなら」

　ドアの音。そして、静寂。

　僕はまだ毛布を被って動かなかった。彼女が呼ぶまでは油断はできない。彼女は、僕のことを黙っていた。あの男は味方のように思えたけれど、彼女はそれを信じていないようだ。それが正解かもしれない。

　五分ほどした頃、すぐ近くで彼女の声が聞こえた。

「もう、大丈夫」

　僕は起き上がり、ロフトから下を見た。梯子の途中に彼女がいた。上を見てにっこりと微笑む。

「寝てた?」

「いいえ」

「じゃあ、話を聞いていた?」

「聞いていました」

「あの人を知っている?」

「えっと……」

「ソマナカさん、ＹＡ新聞の」

「知りません」僕は答えた。たぶん、嘘になるだろうと予感したけれど、今はこれが正しい返答だと思った。

僕はロフトから出て、梯子を下りていった。

「どう思った?」彼女は壁に肩をつけ、腕組みをしていた。

「悪い人ではなさそうでした」僕は素直な感想を述べた。

「そうね。ほかには?」

「墜ちて死んだパイロットの話をしていましたね」

「ええ。それについては、どう思った?」

「いいえ、どうも」僕は首をふる。

「そんなはずはないとか、それは可哀相だとか、逆に、羨ましいとか、なにかあるんじゃない？」

「わかりません」僕はまた首をふった。

「ごめんなさい、もういいわ。そんなに考えるようなことでもないかも」

「パイロットの誰が死んだ、なんてことが、一般に伝わるものなのですね」

「それは、発表がありますし、新聞にも載るわよ」

「へえ、そうなんですか」

「関心のある人が多いはず」

「そうだ、病院へあなたが来たことを知っていましたね」

「見かけたなんて話していたけれど、あれは嘘だわ。私は、あのときは警察の車で裏口から入ったの。誰にも見られていないはず。ただ、あの病院の誰かが、情報を漏らしたのだと思う」

「では、僕が病院にいたことも、ソマナカさんは知っているのでは？」

「それはどうかしら。私の顔はたぶん、テレビで見て知っていたと思うけれど、病院の職員には、あなたの名前は明かされていなかったはず。直接あなたの世話をするスタッフは限られていたでしょうし、普通の職員には誰が入院していたのか、わからなかったと思うわ」

「そんなに、極秘だったのですか。よくそんなところを抜け出せたものですね」

「そうね」彼女は微笑んだ。「どうやって外に出たの？」

「窓から」

「何階？」

「四階です」

「ああ……」彼女は片手を額に当てた。「なんてことを。ロープは、どうしたの？」

「ロープ？　いえ、単に庇《ひさし》を歩いて、雨樋《あまどい》から下りただけです」

「危ない真似をしたものね」

「逆の経路で戻ることは難しいですね」

彼女は吹き出して笑った。

episode 3: humpty bump

And the box I kept, it's somewhere in the attic now, I must ask Verena please to give it to me, it would be nice to see my first loves again: what is there? a dried honeycomb, an empty hornet's nest, other things, or an orange stuck with cloves and a jaybird's egg — when I loved those love collected inside me so that it went flying about like a bird in a sunflower field.

第3話 ハンプティ・バンプ

それから、あたしが大事にしていた箱、今でも屋根裏にあるはずだけど——ああ、そうだ、ヴェリーナにあれをくれるように頼まなけりゃ——初恋の品物に再会するなんて素晴らしいじゃないの。箱の中には何が入っていると思って? あのねえ、からからになった蜜蜂《みつばち》の巣、空っぽの熊蜂《くまばち》の巣、それから、丁子《ちょうじ》の蕾《つぼみ》を差したオレンジや、カケスの卵なんかなの。こういうものを愛していたころ、愛はあたしの中に満ちていて、向日葵《ひまわり》畠《ばたけ》に遊ぶ小鳥みたいにあたしのまわりを飛びまわっていたわ。

1

その夜は、彼女と同じ毛布で寝た。ここには、ロフト以外に寝る場所はない。飛行機のコクピットで眠るには、少々寒すぎる。オープン・コクピットなのでしかたがない。街へ出られる機会があれば、毛布を買ってくる、と彼女は話していたけれど。

僕は夢を見た。沢山の夢を見たような気がする。大勢の人生を経験した、といった方が適切かもしれない。その多くは、最後があっけない幕切れだった。感情の高ぶりといったものはなく、僕は淡々と夢を経験したように思う。現実でも、妄想にはすっかり慣れていたせいかもしれない。

大勢の人間が行き交う市場を歩いていて、商品の向こう側から突然撃たれたり、あるいは、涼しい水辺の木陰でボートを繋ごうとしたとき、急に気持ちが悪くなって、そのまま泥に顔を埋めてしまったり。どんな死に方も、深く沈んでいく感じが印象的で、それは、ゆっくりと回転しながら墜《お》ちていく加速度と類似していた。

他人の死にも沢山出会った。自分の母親が死んだり、妹が死んだりした。僕は棺桶の中の白い顔に口づけをしようとして、誰かに止められた。そんなことをするものじゃない、お前はこれを打ちなさい、と釘と金槌を手渡される。

墓場の行列。それがどこまでも続くのだ。地面を歩いていると、雨が落ちてくる。でも、空を見上げると輝いていて、そして、そこに機影が見える。

僕は行列から離脱して、上昇する。

エンジンは素晴らしい。

主翼は空気に吸いつく。

滑《なめ》らかな舵《かじ》。

水掻きのようなプロペラ。

フィレットは、空気を優しく撫《な》でる。

僕の目は瞬《またた》かない。

敵機を捉《とら》え、その軌跡をなぞる。

行くぞ。

待っていろ。

どこまでも、いつまでも。

雲の上まで斜めに突っ切る。

場所はここだ。

ここが最高に相応《ふさわ》しい。

スロットル・中スロー。

ゆっくりと翼を倒し、角度を緩め。

大きく回る。

相手も逃げない。

素晴らしい。

さあ、もうすべてが揃った。

願いはない。

望みもない。

美しさも、正しさもない。

言葉も、理由も、理想もない。

ここにあるのは、

空気、

二機の飛行機。

そして、見つめ合う目だ。

来い。

今か。

今か。
呼吸が止まり、間合いを計る。
待つ。
機体の軋《きし》み。
来るぞ。
滑らかに。
清らかに。
操縦桿を僅かに倒す。
左手がスロットル・レバーを優しく押し上げ。
両脚をラダーに軽く添えて。
エンジンは躍る。
機体が暴れたがるのを舵でそっと抑え。
やがて、一直線に加速。
剣《つるぎ》のように、翼を立てる。
刃先のように、エッジが光る。
相手の剣も一瞬輝く。
音が消え。

色が薄れ。

光と闇だけが、広がり。

点と点と線。

曲線と曲線。

座標。

空間。

右手の指が、トリガに触れ。

右。

左。

右へ。

左、右へ。

微動しながら、切り込んでいく。

素晴らしい。

吸い込まれていく。

躰は消えて。

もう物体ではない。

心も掠《かす》め。

もう信号ではない。
静寂の中に浮かぶ最後の意識だけが。
飛ぶ。
滑らかに。
飛んで。
一筋に。
撃つ。
左へ転回。
スクリューしながら、回転する世界を捉え。
その中にまだ生きている相手を追う。
生きていろ。
待っていろ。
もう一度。
その素晴らしい剣を交えてくれ。
その輝きを。
アップ。
ターン。

機首を相手に向ける。
さあ、もう一度。
右。
左へスライド。
フェイント。
フラップを用意。
メータを一瞬で読む。
バンクを強く。
スロットルを絞り。
フラップ・ダウン。
右へ。
相手はクイック。
やり直しか。
スロットル・ハイ。
エルロン。
フラップを戻す。
加速する。

絞る。フラップ・ダウン。
左へ。
アップ、戻す。
ラダーで修正。
フラットにスリップ。
横方向の加速度を感じ。
近づいてきた。
いいぞ、速い。
面白い飛び方をするじゃないか。
楽しい。
右へ。
周囲を確認。
誰もいない。
大丈夫、もう僕たちしか残っていない。
楽しもう。
背面へ。
ダイブに。

メータを見る。
反転。
エレベータで機首を抑え。
さあ、勝負だ。
翼が光る。
向いた。
三、二、一。
撃つ。
離脱。
右へ。
アップ。
背面から、下へ落ちて。
敵機を見る。
どこだ?
反転。
上か。
光っている。

白い。

太陽か？

眩《まぶ》しい。

どうした？

エンジンの音が聞こえない。

「大丈夫？」

女の声が間近に。

目を開けると、そこは暗い。

夜？

僕は顔を横へ向ける。まだ夜か。

躰が重かった。

彼女がすぐ近くに。

「魘《うな》されていたわ」

夢か。

やっぱり、夢か。

そう、全部、夢なんだ。

僕自身が、すべて夢なんだ。

急に、少し悲しくなった。

どうしてなのか、わからない。

「震えていたから、起こした方が良いかなって……」

まだ震えていた。

息が速い。

夢の中では、あんなに楽しかったのに。

どうして？

「可哀相……」

女の手が、僕の髪に触れた。

可哀相じゃない。

それは、違う。僕は可哀相じゃない。可哀相なのは、この現実。この現実の世界に取り残された僕の躰だ。僕自身は、夢の中で生きていける。いつでも空を飛ぶことができる。それは素晴らしい。誰にもわからないだろう。この素晴らしさは、常に僕とともにある。それでも、その素晴らしい興奮の反動で、僕の躰が震えていたのかもしれない。呼吸も鼓動も、エンジンが過熱するように、主翼のスパーが軋むように、精一杯だったのかもしれない。

たしかに、汗をかいていた。

彼女の顔が近づく。

彼女の指が僕の額の髪を払い。

彼女の唇が僕の額に触れる。

それから、僕の目の近くにも、彼女は接吻した。

「可愛い人」その口が動く。

僕は目を瞑《つむ》った。

そして、空を見ようとした。

誇らしい空を。

きーんとハウリングするような耳鳴りが、左から右へ。

2

翌日、目が覚めると、彼女の声が聞こえた。

僕は起き上がる。彼女は下で誰かと話していた。すぐに、それが電話だとわかった。

「ええ、ありがとう。今から、じゃあ、連れていきます」

僕は、黙って待っていた。

彼女が近づいてきて、梯子《はしご》を上ってくる気配。

彼女の顔が現れ、僕と目が合った。

「あ、起きていた？　電話の話を聞いていたの？」

「いえ、今起きたところです。何ですか？」

「もう起きる？」

「何時ですか？」

僕はロフトの梯子を下りた。

キッチンのシンクで顔を洗った。彼女は僕のために熱い紅茶を淹《い》れてくれた。

「これから、どこへ？」僕は尋ねた。

「なんだ、やっぱり聞いていたんじゃない」

「最後のところだけ」

「病院。友達がいるの。一度、診てもらった方が良いと思って。私は医者ではありませんから」

「どこも悪くありません」

「いえ、それはわかっています。でも、普通ではないわ」

「普通ではない？」僕は言葉を繰り返した。

そうだ、もともと僕は、僕たちは、普通ではない。今さら、普通になれるはずもない。

「とにかく、大丈夫、安心して。彼、専門は心理学なの。あなたの躰にメスを入れることもないし、薬を飲ませるようなこともないと思うわ」

「では、何をするのですか？」

「話をするだけ」

着替えをして、出かけることになった。目立たないように、彼女の服を借りて、顔が隠れるようにニットの帽子を被り、サングラスをかけた。さらに、顔の半分はマフラで隠した。鏡の中の自分の姿を見たら、もの凄く怪しい感じがした。銃を持っていないのが不思議なくらいだ。

昨日よりは天気が良い。彼女が運転する車は、ずっと山道を下っていった。湖が見えてきて、それから、平坦で真っ直ぐな道を走った。

「戦争をやめさせようという意見に対しては、どう思う？」彼女は運転をしながら突然尋ねた。

「難しい質問ですね」

「ええ、難しいわね」

「そういう意見があることは知っています」

「どう思う？」

「いえ、そういう意見があることは、自然だと思います」

「あなたは、どう感じる？　やめてもらいたい、と思っている人たちがいることを」

「よくわかりません。でも、殴り合いをやめさせたい人がいても、ボクシングはなくならない」

「ええ、そうね。ボクシングは、スポーツだから」

「スポーツと戦争は、どこが違いますか？」

「殺し合いはスポーツではないわ」

「でも、技を競い合っていることに、違いはありません。結果的に命を落とすというだけです。ボクシングだって、カーレースだって、なにもしないよりは、ずっと命を落とす危険があると思います」

「それと、同じだと？」

「いいえ、それは単なる言い訳です」

「では、何？」

「スポーツがなくならないのは、それをやりたい人がいる、それを見たい人がいる、ということです」

「戦争もそれと同じだと？」

「わからないけれど、そんな気はします。僕は、戦争を見たいとは思いませんけれど、でも、みんなは見たいようです」

「そうかな。見たくないと感じている人は沢山いる、と私は思う。一人でも無駄に命を落としてほしくない、と考えている」

「無駄に命を落とすことは、戦争の方が少ないですよ」僕は答えた。

「でも、殺し合うことに生きる意味を見出すなんて、やっぱり間違っていると思う」

「そうかもしれません。僕にはよくわからない」

「だって、もともとはね、なにかを奪い合うために、戦ったわけでしょう？　戦わないと、生きていけなくなる。そういった争いが生物界には必然的に存在した。そして勝利者だけが生き延びた。でも、今はそうじゃない。人間は知恵を使って、お互いに戦わなくても良い社会を築き上げたはずなの」

「奪わなくても良い。だからこそ、純粋に戦えるのでは？」

「でも、命は元には戻らない。飛行機も破壊される。せっかく生まれたものや、作られたものが、消えてしまうのよ」

「それだけの価値があると思います」

「ああ、どうして、そんなふうになったのかしら」彼女は苦笑した。「どう説明したら良いかしら」一度こちらを見て、また前を向いてから溜息をついた。「私はあなたの家庭教師じゃないし」

「ええ、お気遣いなく」

「反論はない？」

「ありません」

「空で戦うことの正当性を、私に訴えて」

「いえ、無理です。そんなものはない」

「それでも、戦いたい？　それはどうして？」

「わかりません。でも……」僕は言葉を探した。そんなものはどこにもないのに。

「何？」

「飛べばわかる」僕は答えた。

「私、飛んだよ。飛行機の操縦を覚えたの。でも、恐くて恐くて」彼女は笑った。「ええ、たしかに気持ちが良いということはわからないでもないけれど。でも、車の方が安心ね」

「飛ぶことと、飛んで戦うことは別です」

「私に空中戦をしろと？」

「ええ、そうすれば、きっとわかると思います」

「絶対わからないと思うな。もっとも、わかるまえに死んじゃうでしょうね」

「そうです。だから、わかった者だけが生き残る」

「ああ、なるほど……。淘汰《とうた》されたんだ」

彼女の言った淘汰という言葉は、少しイメージが違う、と僕は感じた。むしろ、戦うことが潔《いさぎよ》いと考えた人間ほど、どんどん命を落としていくから、戦わないことが美しいと考える人間の子孫が生き残った、と見るべきではないだろうか。淘汰されているのは、普通の人間の方だ。キルドレは、生まれたばかりで、淘汰どころか、簡単に絶滅する運命にある。

二時間半の道のりだった。ちょっとした街に出て、学校のように大きなビルの駐車場に彼女は車を入れた。降りてからも、アスファルトの道を五分ほど歩く。敷地がとても広く、病院というよりは、工場か研究機関のように見えた。

長細い二階建ての建物に入り、階段を上がって通路を奥へ進む。研究所にしてはセキュリティらしきものがない。病院の付属施設だろうか。通路を歩いているのは、普通の服装の若者が多く、白衣姿や、患者らしい者も見かけない。病室もなかった。

彼女が立ち止まり、ドアをノックした。

しばらくして、ドアが開き、内側に長身の男が立っていた。顎鬚《あごひげ》を伸ばし、メガネをかけている。茶色のセータを着ていた。埃《ほこり》が纏いついたみたいな細かい模様だった。

「やあ」彼は片手を差し出し、彼女に握手を求めた。

「こんにちは」

「考えてみたら、僕の方が君の所へ行けば良かった」低い声で彼は言った。「さあ、どうぞ、入って……」

彼女に続いて、僕も頭を下げてから部屋の中に入る。

「昨日の夜に新聞社の人が来たの。だから、出てきた方が良いと思って」

「つけられなかった？」

「大丈夫だと思うわ」彼女が答える。

部屋は奥に白いデスクがあって、そちらの壁に窓がある。ブラインドが下りていた。片側の壁は天井まで書棚だった。もう片側の壁もキャビネット。こちらは中身は見えない。デスクの手前にソファが二つ。彼女が座った隣に僕も腰掛けた。彼はデスクへ行き、なにかを持って戻ってくると、対面の椅子に腰掛けた。そして、テーブルの上に持ってきたものを置いた。それは小さなレコーダのようだった。

「はじめまして、私はサガラ博士の友人で、ハヤセといいます」

「はじめまして」僕は軽く頭を下げた。

「だいたいの話は、サガラ博士から聞いています。とにかく、リラックスしていて下さい。心配はいりません。大丈夫ですか？」

　僕は無言で頷いた。

「これを」彼女がバッグから封筒を出した。二つ折りになっていた。「昨日、届いたもの」

「ああ」彼はそれを受け取った。そして、後ろへ手を伸ばして、彼のデスクの上に置いた。再びこちらを向き、僕をじっと見据える。「さて、うーん、そうか。実は、僕はキルドレを見るのは、君が初めてだ。幾つか質問をしても良いかな？」

「ええ、かまいません」

「名前は?」

「名前。僕の、名前ですか?」

「もちろん」

「思い出せません」

「自分の名前が思い出せない?」

「はい」

「では、彼女の名前は?」彼は、僕の隣の彼女の方へ片手を示す。

「サガラさんです」

「それは、さっき、僕が口にしたからね。下の名前は?」

「アオイさんです」

「それは、思い出せる」

「思い出しました」

「ほかに、誰か、人の名前を言えるかな? 君の知っている人、誰でもいいよ」

僕は考えた。最初に頭に浮かんだのは、白い肌の女だった。

「フーコ」僕は答える。

「フーコ」彼は言葉を繰り返した。「あ、そうそう、これ、何かわかる?」今度はテーブルの上のものを指さした。

「そう、君が話すことを録音している。でも、治療以外の目的では使わないと約束する。承知してくれるね？」

「かまいません」

「ほかに、名前が思い出せる人はいる？」

「えっと、クサナギ・スイト」

「ああ、そうか。有名だからね」

「有名ですか？」

「いや、僕でも知っている」彼は微笑んだ。「もしかして、知合い？」

「いえ、覚えていません。飛行機で飛んでいるとき以外のことは、ほとんど記憶がありません」

「小さいときの記憶も？」

「ぼんやりと、こんなことがあったかな、というくらいです。でも、それは夢だったのか、テレビのドラマで見たことだったのか、本で読んだことだったのか、わかりません。どれも、自分のことのようには思えなくて」

「そういった状態は、ずっとまえから？」

「うーん、それもわかりません。今、思い出せるのは、えっと、三日まえ、病院のベッドで目が覚めて、それから、窓を見て、そこから外へ出ようと思ったときからです。そのときまでは、夢を見ていました。それよりもまえのことは、すべてベッドで眠っているときに見た夢のようです。沢山の夢を見ていた感覚はありますけれど、思い出そうとするほど、なにも出てきません」

「でも、飛行機に乗っていたことは、覚えているのでしょう?」横から彼女が言った。

「はい、でも、それだって、夢だったかも」僕は答えた。「夢でも、それだけは、ほかに比べると、とても鮮明なんです。それを思い浮かべると、躰が動きます。だから……、夢であってほしくはないです」

「話を戻そう。ほかに、誰か覚えている?」

「えっと、クリタ」僕はその名を口にした。

「クリタ……、クリタ、何ていう?」

「ジンロウ。クリタ・ジンロウ」

「どんな人?」

「死にました」

「そう……、どんなふうにして?」

「クサナギに撃たれて」

「見たの？」

「いえ」

「では、誰かに聞いたのかな？」

「思い違いかもしれない」

「うん……、ほかには、誰か思いつく？」

「カンナミ」

「え？」

「カンナミ……、ユーヒチ」

「どんな人？」

「パイロットです」

「ほかには？」

「えっと、それだけです」僕は首をふった。

「お父さんや、お母さんのことは、覚えている？」

「いいえ」

「兄弟は？」

「兄弟？　えっと、いたような気もします」

「思い出せない？」

「ええ、自分のことだったか、人のことだったか、わかりません」

「うん、そうか……」

「あ」

「え、なにか、思い出した？」

「ティーチャ」僕は口にする。

「ティーチャ？」

「ええ、それも名前です。コードネームです」

「顔は思い描ける？」

「いえ……。飛行機なら」

「飛行機？　どんな飛行機？」

「プロペラが前にあります」

「普通なんじゃあ」

「そうでもありません。あと、黒い猫」

「猫？　猫がどうしたの？」

「えっと、マークかな」

「マークね。飛行機に？」

「そうです」

「その飛行機に、ティーチャが乗っているんだね?」

「そうです」

「でも、ティーチャの顔は覚えていない」

「覚えていません。暗かったから」

「暗かった?」

「何故か、そんな感じが……」

「さっき出た名前の中で、顔が思い浮かべられるのは?」

「フーコと、クサナギです」

「では、会えば、わかる?」

「たぶん」

「向こうは、君のことを知っているだろうか」

「たぶん、知っていると思います。フーコは知っていました」

「クサナギは?」

「僕を殺そうとしているくらいですから、知っているでしょう」

「殺そうとしている?」

「はい」

「どうして?」

「わかりませんけれど、僕が脱走したからだと思います」

「病院から？」

「そうです」

「さっき、クサナギに殺されたという人のことを言ったね」

「クリタです」

「ごめんなさい」彼女が横から口を挟んだ。「それは、昨夜、ソマナカという人が話していたのです」彼女は僕を見た。「その話を聞いたから、そんなふうに思ったのじゃない？」

「そうかな」僕は頷く。でも、そのまえから知っているような気もした。はっきりとしない。

「パイロットで、ほかに思い出せる人は？」

「いえ、うーん、名前はもう出てきません」

「パイロット以外では？」

「いえ……」僕は一度首をふった。しかし、なんとなく、記憶に引っかかるものがあった。

「えっと、ササクラ、そうササクラがいた」

「どんな人？」

「わかりません」

「顔は思い出せる？」

「会えば、わかるかもしれない」

「では、少し話題を変えようか。えっと、自分の躰の中で、どこか具合が悪いところはある？」

「いえ、ありません。頭以外は」

「頭が変だと思う？　どうして？」

「だって、思い出せないから。自分が誰なのかもわからないし」

「それは、頭のせい？」

「だと思います」

「怪我をしたことはないかな？」

「わかりません」

「どこか痛いところは？」

「ありません」

「君は、年齢はいくつかな？」

「わかりません」

「いくつくらいだと思う？」

「二十歳くらい」

「自分を鏡で見たことはあるね？」

「はい、あります」

「最近？」

「えっと、今朝、この服を着て、鏡を見ました」

「自分の顔に、見覚えがある？」

「違和感はありませんが、いえ、誰なのかはわかりません」

「でも、見たところ、二十歳くらいだと思えたわけだ」

「そうです」

「失礼かもしれないけれど、僕が今、君を見て、そうだね、十五か十六くらいかなって、思ったよ」

「そうですか」

「二十歳に見えたというのは、やっぱりそれだけ人生を重ねてきたという、なにか君なりのイメージがあったんじゃないかな」

「わかりません」

「ぼんやりとしていても、時間は過ぎてきた、それを体感している証拠なんじゃないかな」

「沢山の夢を見た、という気はします」

「薬のせいもある」彼は、相良《サガラ》の方を見て言った。

「そうね」彼女は頷いた。「でも、本当に心配なのは、薬が切れたとき。反動が出なければ良いのだけれど」

「どれくらいで、切れますか?」僕は尋ねた。「もう、だいぶすっきりしてきたけれど、大丈夫のような気がします」

「いえ、まだ、これからね。四十八時間ないし九十六時間くらい」

「どうなるんですか?」僕は尋ねた。

「一度に思い出されることが多すぎて、その衝撃を受ける。結局なにもかもを忘れようとする。そのために、二度と現実に戻ってこられなくなるかもしれない。危険だと思う。でも、避けられないことだわ」

「そうですか」僕は頷いた。それも良いな、と少し思った。

「恐がらなくても良いわ。大丈夫」

「恐くはありません」

「一人にならないで、身近な人間とのコミュニケーションを取り続けることで、ある程度は和らげられるはず」

「それで、早く来いと言ったのですね?」

「ええ……」彼女は頷いて、また彼の方を見た。

「いや、それは最悪の場合であって、そういう例もある、というだけだ。そんなに心配するほどのことでもないよ」彼は微笑んだ。「現に、君は、とてもしっかりしている。言っていることも的確だ。記憶の障害は、ある意味では、防御反応が適切である証拠といえる。つまり、忘れることで、自我が守られているんだよ」

「自我ですか。自分が誰かわからないのに?」僕はきいた。少し可笑《おか》しかった、自分のことなのに。

「自分は自分だ。自分の名前を忘れても、自分を見捨てたわけではない。名前は、対外的なものだ。君は自分の名を、自分で呼んだりしないはずだ」

僕は溜息をついた。微笑もうとしたけれど、今度は無理だった。そのとおりかもしれない、と思った。ただ、忘れてしまったのは名前だけではない。自分の履歴がわからない。過去が消えてしまった。ここ数日と今しかないのだ。

「少し休憩しよう。なにか飲もうか?」

「あ、私がやります」彼女が立ち上がった。

「あ、じゃあ、すまないね、お願いします」腰を浮かせて彼が言った。「えっと、少し休憩してから、ちょっとだけ催眠を試してみようか」

「サイミン?」僕は尋ねた。

「治療法の一つだ。忘れたことを思い出せるかもしれない」

「早くないかしら?」部屋の隅へ行った彼女が振り返って言った。「その、つまり、まだ精神は、思い出したくないのかもしれないわ」

「うん、それはそうだ」彼は頷いた。「おそらく、そのことで、心の中では鬩《せめ》ぎ合《あ》っているはずだ。そうだね、まあ、今はたしかに危険かもしれない。慌てない方が良いね。うん、今度にしようか」

僕は、今日にでもお願いします、と言おうか、と迷った。自分のことが知りたい。人から聞くのではなく、自分の記憶として知りたいのだ。それは、できれば早い方が良い。何が危険なのだろう。

でも、我慢して黙っていた。あまり、強く訴えるような立場でもない、と思えたからだ。この人たちは、自分のために余計なトラブルを背負い込んでいる。事情はわからないけれど、そう観察される。これ以上に負担をかけるわけにもいかないだろう。

3

紅茶を飲んだあと、彼女と僕は医師の部屋を出て、駐車場へ戻る道を歩いた。駐車場が見えてきたとき、彼女は僕の腕を掴んで、建物の陰へ引き込んだ。

「駐車場に誰かいる」彼女は囁《ささや》いた。「見てくれる？　あなたの方が目が良いわ」

僕は建物の角から、少しだけ顔を出して、そちらを見た。そして、すぐに顔を引っ込めた。

「男が二人いて、離れているけれど、あなたの車を見ている」

「引き返して、さっきの建物の渡り廊下の先へ行って。裏道へ出るゲートがある。そこから出て、その道を、えっと西へ向かって歩いていく。私が車でそちらへ回るから。わかった？」

「了解」僕はポケットからサングラスを出してかけた。

「もし、三十分しても私が来なかったら、さっきの彼のところへ行く」

「はい」

彼女は僕の肩を一度叩いてから、出ていった。僕はすぐに来た道を引き返す。後ろを振り返らず、慌てずに、真っ直ぐに歩いた。近くに人は少ない。台車を押して荷物を運んでいる作業員と、自転車に乗っている中年の女性が見えただけだ。その自転車とは、やがてすれ違ったけれど、僕のことを気にも留めなかった。自転車を追う振りをして、後ろを一瞬だけ見た。誰もいなかった。

空を見る。そうか、上から敵が来ることはないのだな、地上では、と思い出す。

なんとなく、危険が迫っている予感はした。誰かが僕を追っているはずだ。病院から抜け出したのだから。そのことで、不利益を被るのは誰だろう。それは、もちろん、僕の会社、すなわち、我が軍。なんらかの機密情報が漏洩すると心配しているのだろうか。僕が忘れてしまったことの中に、大事な情報があったのかもしれない。忘れたかどうかなんて、頭の中を調べても確かめられない。病院にいる間は、充分に監視ができたわけだから、機密は守られた。今となっては、おそらく、僕を殺す以外にないだろう。そう考えるのがいたって順当。

それは、相良の態度を見ていても明らかだ。あんなに怯えている。僕以上に、彼女は恐れているのだ。何を恐れているのだろうか。僕か彼女の死だろうか。そんな程度のものを恐れるとは思えない。もっと、大きなものが失われる、ということか。それは、何だ？

渡り廊下を横切って、駐車場へ出た。テニス・ラケットを持った男性が二人、ハッチバックを開けた車の近くで立ち話をしていた。僕の方を一人が見て、もう一人もこちらを向いた。僕はそのまま歩く。行止りに見えたが、右へ少し行ったところにゲートがあった。左には変電所のような設備が金網の中に見える。

真っ直ぐに歩いて、ゲートから敷地の外へ出た。十メートルほどの幅の道路。向こう側は工場らしい。コンクリートの塀が左右に延びている。左へ歩く。そちらが西だ。病院側の塀は鉄柵で、高さが二メートル以上ある。さきほどの駐車場が中に見えている。まだあの二人がいた。こちらを見ているようだった。僕が目立つ、ということだろうか。

しばらく歩くと、道路の反対側に商店が数軒続いていた。こちら側はまだ病院の柵。ただ、駐車場は建物の陰に隠れて見えなくなった。あまり歩くと引き返すとき遠くなる。つまり、万が一のときは、病院内へ戻らなければならないのだから、適当な位置にいた方が良い。

僕は立ち止まって、煙草をポケットから取り出した。今日は朝からまだ一本も吸っていなかった。着ているコートは彼女のものだけれど、ポケットに金と煙草とライタ、それに身分証明のカードを入れていた。これが僕の持ちもののすべて。これだけでも、出撃時に比べれば多い。

煙草に火をつける。一本吸ってやれば、その分だけ軽くなる、といつも思う。頭の中にある固着した記憶も、一本ずつ火をつけて煙にしてしまいたい。さっきの彼ならば、それができるだろうか。催眠術とか言っていた。煙草のように、そのときは苦いけれど、綺麗すっきり消えてなくなるものならば、あとは身軽になれるというもの。

道の反対側を若い女が犬を連れて歩いてきた。短いスカートに白いブーツ。真っ直ぐの姿勢でコンパスみたいだった。じっと見ていたら、道路をこちらへ渡ってきた。すぐ近くまで来る。

僕の前で立ち止まった。犬は小さくて毛が長い。僕の靴に鼻をつけて匂いを嗅いでいる。

草薙《クサナギ》水素《スイト》だった。

僕はびっくりした。でも、咄嗟に知らない振りをする。サングラスをかけているのだし、顔を見られているわけではない。彼女に見抜かれるはずはない。

鼓動は一気に加速した。

「カンナミね？」彼女は言った。

痛いほど心臓が一度打つ。

それでも、僕は黙っている。

何故って、本当に僕が誰なのかわからないからだ。

カンナミ？

「残念だけれど、私ももう捨てられた。だから、無関係だ」

「あの、何のことなのか……」僕はとりあえず、そう応えた。

「銃を持っているか？」彼女はきいた。

「銃？」

「持っているなら、今、私を撃って逃げろ」

「どうして？」

「それで、君は本当に自由になれる」

草薙はそう言うと、口もとを緩めた。彼女の目はまったく笑っていない。瞳が、刺すように、僕を捉えていた。彼女はとっくに、僕を撃ち墜としていただろう。

沈黙。

僕の躰は微動している。震えていた。

銃？

いつも持っていたのに。どこへ忘れてきたのだ？

ああ、飛行機に乗っていないと、なにもできない。本当に、なにも……。もう、お終いだ。僕は一度目を瞑った。そして、次に目を開けたときには、目の前の彼女が消えていた。

足許を見る。犬もいない。

道路の反対側だ。去っていくミニスカートの女の後ろ姿。僕は慌てて道路を渡り、彼女を追った。犬がさきに立ち止まって、僕に向かって吠えた。女も振り返る。黒髪の顔。それは、草薙水素ではなかった。

僕は自分にブレーキをかけた。コートのポケットの中で、右手が操縦桿のトリガに指をかけていた。違う。

撃つな。

溜息が。

左手は？

そちらを見る。左手は煙草を持っていた。

煙が上がってくる。

そうか……、これが幻覚か。

夢だ。

眠ってもいないのに、夢を見た。

大丈夫。

夢なんだ。

大丈夫。

まだ生きている。

撃たれていない。

鼓動はようやく少し減速した。

道路の反対側へ渡って、最初の位置まで戻った。

煙草を吸いながら、気持ちを落ち着ける。少し暑かった。体温が上昇したのかもしれない。あんな幻を見るなんて、何だろう、もしかして、僕がそれを望んでいるということだろうか。

眠っていたとは思えない。意識はしっかりとしていたはず。もしポケットに銃があったら、本当に撃っていたかもしれない。

相良が話していた薬の禁断症状だ。

しかし、

そもそも現実なんて、こんなものかもしれないな。

きっと。

そんな、感じだ。

今までの人生がすべて幻だったとしても、僕は全然驚かない。それくらい希薄なのだ。僕はまだ病院のベッドで眠っているのかもしれない。今も夢を見ているのかもしれないじゃないか。

あまりにも長い夢を見すぎた。

煙を吐く。

ああ……、どうしよう。

もう、いい加減に、こんな不完全な連鎖は断ち切るべきなんじゃないか？

そう、さっき草薙が言ったように。

あれは、自殺をしろという意味だったのかもしれない。自分でもいい。誰でもいい。誰かを撃ってしまえ。そうすれば、周りは僕を放っておけなくなる。拘束されて、縛りつけられて、薬を打たれるだろう。そして、そのあとには、きっと無限の自由がある。平坦な時間が待っている。誰かを殺しさえすれば、自由になれるのではないか。

僕は空を見上げた。

ブルー。

綺麗な。

そうだ、自由だ。

少し落ち着いた。

自由を。

天使のような自由を。

誰でもいいから。

破壊しなければ。

自由は摑めない。

前から車が近づいてきた。見たことのある車だった。

僕の横で停まった。

煙草を投げ捨て、ドアを引き、僕は助手席に乗り込んだ。

車は急発進する。

運転席の彼女は、バックミラーを気にしていた。

「大丈夫だった?」彼女はきいた。

「はい」

「こちらも、なんとか」彼女は微笑む。「でも、気をつけないと。家に戻るのは、もしかしたら危険かもしれない。どこかで待ち伏せしている可能性があるわ」

「どうしますか？」

「うん、ちょっと寄り道をしてから」

4

ハイウェイが遠くに見える道沿いにある工場だった。彼女は車を駐車場の中へ進める。沢山の自動車が駐車されていた。半分はスクラップだと思えた。とても動きそうにない。工場の建物は一番奥で、近づくと奥行きはなく、そんなに大きな規模ではなかった。三台も車を入れたら、手一杯になるのではないか。

彼女が車から降りたので、僕も外へ出た。ここへ来るまで、彼女は後方を気にしていて、尾行がないことを何度も確かめていた。追われているのは、彼女だろうか、それとも僕だろうか。いずれにしても、追ってくるのは、誰だ？　警察ではないだろう。警察ならば、昨夜彼女の家に来ている。彼女自身は自由の身だ。では、僕か？　僕は警察に追われる理由がない。となると、考えられるのは、僕の会社だ。もちろん、名前は思い出せない。そもそも、会社の組織なんて、僕はなにも知らないのだ。入隊したときから、僕は空軍にいた。うちの会社は、空軍しか持っていないわけではない。ほかにどんな軍隊が存在するのか、それから、他社の軍隊というのも存在するのか、その場合、協力して一緒に戦っているのか、それさえも僕は知らない。たぶん、知らされていない。知る必要のないことだ。

相良は知っているかもしれないな、と思った。彼女に質問をして、説明をしてもらおうか、とも考えた。だけど、きっと僕の頭には入らないだろう。そんなことを知って、いったい僕はどうすればいい？　そんなものが何になる？

誰が誰と戦っていて、それがどんな理由なのか、そういったものを言葉で覚えることが、戦争を理解することだろうか。それは絶対に違う。それくらいは、僕にもわかる。直感できるのだ。

そんな問題ではない。なんというのか、もっと重い金属、そして、もっとどろっとした黒い油なのだ。そういう金属と油みたいな戦う意思があって、それらに直接手で触れることの方が理解には近い。そうでなければ、きっといつか、全員が巻き込まれる。最後には、やっぱり戦争なんて大嫌いだ、と思い知るだろう。みんなが嫌いなのだ。嫌いだ嫌いだ嫌いだ、という言葉を、ここのスクラップの車のように積み上げている。

だけど、どこかには、スクラップの置き場所が必要だ。

重い金属とどす黒い油にまみれて。

どんなメカニックでも同じ。ただ、綺麗なボディを被り、見えなくしているだけ。車はみんなそうだ。メタリックの塗装で光り輝いている。銀のモールドがぴかぴかだ。シートはソファと同じくらいふかふかで。木目のダッシュボードは額縁みたいにつるつる。スピーカからは楽しい音楽が流れ出る。楽しさと綺麗さで、シャーシの重さと黒さを隠している。肝心のメカニズムは見えないようになっている。

飛行機には、これがない。

飛ぶために余分なものは載せられないからだ。

飛行機がスクラップになったときには、そこに墓標が立つだろう。こう刻まれた墓標だ。

私は精一杯飛びました。そして帰っていきます、と。

ガソリンの匂いがした。悪くない。

煙草は我慢した。

彼女は工場の建物の前で、男と話をした。青い作業着を着た太った男だった。僕の方をちらちらと見た。笑ったままの顔だった。手には、彼女を殴り殺せるくらいのモンキィを持っていた。腕が太い。きっと手の皺にオイルが染み込んでいるだろう。何度洗っても、オイルの匂いがするだろう。フォークを持つときだって、スパナと同じグリップだ。歯を剝《む》き出《だ》し、声を立てて笑っている。ソーセージの中に針金が入っていたって、かみ切れる歯だ。素晴らしい。機械みたいに素晴らしい。

二人がこちらへ歩いてきた。

「よう、ごきげんよう、お若いの」彼は僕に向かって言った。モンキィを持っていない方の手を上げて。

僕は軽く頭を下げた。

「本当にいいのかよ？」男は相良にきいた。「どう見たって、あんたの車の方が立派だ」

「坂道が上れない？」彼女が尋ねる。

「いや、そんなことはない。保証するよ。ギアさえちゃんと換えてやれば、どこだって上っていくよ」

男は白いトラックに近づいて、前のタイヤをモンキィで叩いた。それから、後輪も叩きにいく。向こう側をぐるりと回って戻ってきた。

「ガソリンを入れた方がいい」

「ありがとう」

彼女は車のキーを彼に手渡した。それから、トラックの運転席へ行き、ジャングルジムに上がるときのように、そこに乗り込んだ。中で手招きをする。僕も助手席のドアを開けた。

「これに乗り換えることにしたの」彼女が言った。

「どこへ行くんです？」

「家に一度戻る。どうしても持っていきたいものがあるから」

「それから、どこへ？」

「さっきの彼、ハヤセのところへ」

「病院ですか?」

「いいえ、隣町になるけれど、あなたを匿《かくま》える場所があるの」

セルが三度めのチャレンジでエンジンをスタートさせた。車体を左右に揺すりながら、道路へ出ていく。

ギアチェンジに手間取っているようだが、トラックはとにかく走った。ハイウェイの下をくぐり抜けた頃には、彼女も落ち着いたようだ。

「トラックには慣れているの。まえにも乗っていた」彼女は話した。「見晴らしが良いから好き」

ガソリンスタンドに乗り入れる。エンジンを止めて、彼女は車から降りた。

「えっと、どこにあるのかしら……」

僕はドアを開けて、後ろを見にいく。

「こちらです」

「届くかな」

ガソリンを入れていると、小屋のドアが開いて、店員が出てきた。小柄な老人だった。

「あ、あの、ガソリンを余分に持っていきたいの。タンクがありますか?」彼女が尋ねた。

「あるよ」老人はにこりともせず、またゆっくりと引き返していった。

トラックのタンクがいっぱいになった。老人が小屋から、金属缶を両手にぶら下げて戻ってきた。

「いくついるんだ？」彼がきいた。

「じゃあ、その二つ」

空き缶を荷台に載せてからガソリンを入れた。荷台には、ほかに、折り畳まれた緑のシートとロープが載っていた。

彼女が老人に金を支払った。僕はさきに助手席に乗り込んで待っていた。彼女が戻ってきて、ドアを閉める。

今度は一度でエンジンがかかった。

「うん、だんだん可愛くなってきた」

「え、誰が？」

「トラック」

それから、道を引き返して、ハイウェイに乗る坂道を上っていった。速度は出ないものの、トラックはそれなりに快調に走り続けた。

「こんなことを言ったら叱られるかもしれないけれど」僕は考えていることを話すことにした。「もし、追手が僕の会社の人たちならば、僕さえ出ていけば、あなたには迷惑がからないと思う」

「それについては、既に議論済み」彼女は前を向いたまま応えた。

「いえ、僕は会社に戻って、また飛行機に乗れるかもしれない。それで、まるく収まりませんか？」

「なんの解決にもなっていないわ」

「どんなものが解決ですか？」僕は尋ねた。

彼女は答えなかった。バックミラーを見ている。僕もつい後ろを見た。小さな窓がすぐ後ろにあって、後方の車が見える。バスみたいだ。ほかに、怪しそうな車はなかった。

「乗れると思う？」

飛行機に乗れるか、という意味だろう。

「それは、わからない。僕は大丈夫だと思っているけれど」

「そのまえに、薬を飲まされて、記憶も消されてしまうでしょう。もう、あなたはあなたでなくなるかもしれないのよ。それでも飛行機に乗りたい？」

僕が僕でなくなる？

しかし、既に今の状態が、それに近いような気がした。

「顔だって変わってしまうかもしれない」彼女は続けた。「次に会ったときには、もう私だって、あなただとわからない。あなたも私だとはわからないかもしれない」

僕は黙っていた。

そういう状況は想像できる。だけど、そうなったとき、どう感じるのかは、僕にはわからなかった。そうでないときと比較もできない。

「結局は、死ぬのと同じだわ。別の人間になってしまうのだから」

「そんなことはない。覚えているものもある」

たとえば、何を覚えているだろう。

そう、飛ぶことは覚えている。きっと忘れない。

僕はシートにもたれたまま、サイドへ少し躰を傾けた。窓から、空を見る。高い空だ。上にしかない。ここにいるかぎり、空は上にしかない。はるか遠くにしかない。地上では、僕の周囲には空はない。

「そんなに飛びたい？」

僕は黙っていた。彼女を傷つけたくない、と思ったからだ。

「今は、まだ、普通の状態じゃない」彼女は続けた。「もっと待ってほしい。もっと普通の時間を長く過ごして、記憶をしっかりと築く。自分を築くのよ。時間をかけてね。それまでは我慢してほしい。人間というのは、こういうものだって、きっとわかるわ。あなたが、あなたたちが思い描いているほど、綺麗ではないかもしれないけれど、それが人間なの。あなたも人間なのよ。それを忘れないで。大丈夫、きっと人間として生きていけます」

「人間として……」僕は小声で呟いた。

人間として、という言葉の意味が、たしかに僕にはわからなかった。魅力的に感じなかった。僕は人間なのだろうか。機械ではない、という意味で、人間といっているのだろうか。それとも、ほかの動物と対比して、いっているのだろうか。

そうじゃない。

彼女が人間といったのは、それは大人という意味だ。

僕が自分は人間ではないと考えたのは、その意味だ。

僕はまだ子供で、そして、ずっと子供のままでいたいと願っている。きっとそうだ。そこが噛み合わない部分なのではないか。大人は、かつては子供だった。子供から大人になったのだ。でも、もう子供の心は失われている。子供には戻れない。そして、子供に対して優しく語りかける。

早く大人になりなさい。

子供は不充分な存在で、大人だけが人間としての完成形だと、子供に信じさせようとする。騙《だま》された子供たちが、大人になることで悩み、そして自分を傷つける。沢山のものを失って、大人へ墜ちていくのではないか。

子供のままでいた大人はいないのだ。

それを実現するものは、死しかなかった。

唯一の例外が、死と、僕たちだ。

だんだんわかってきた。

そうか、子供のままでいることが、大人には目障りな存在なのだ。それは、大人が大事にしている原則を覆すものだから。つまり、人間はいずれは大人になる、という大原則。いずれ誰もが醜くなる。いずれ衰え、いずれ鈍くなる。それが大前提なのだ。

子供でい続けることは苦しみだ、と教えようとしている。

実は、切り捨てるだけのこと。

違うか？

鈍さを切り捨てるだけのこと。

醜さを切り捨てるだけのこと。

苦しさと美しさのために。

違うか？

たった、それだけのことだ。

僕は、窓の外を、空を眺めている。

気分が高ぶっているのがわかった。

駄目だ。落ち着かなければ。また変な幻が現れるぞ。隣の彼女は銃を持っている。その銃を奪って、彼女を撃ってしまうかもしれない。いけない。そんなことを考えては。

溜息。

気づかれないように深呼吸をした。ゆっくりと。

5

山道を上り始めた頃、ときどき上空にヘリコプタが見えた。僕は運転している相良を窺《うかが》った。彼女はまだ空を見ていないようだった。

「ヘリが飛んでいる」僕は指さした。ずっと遠くだ。

しばらくして、彼女も気がついた。

「ああ、本当。どこのヘリかわかる？」

「わからない。この距離ではナンバは読めない」

「ナンバ？」彼女は笑った。「見えるわけないわ。色は？」

「白いボディに紺色のストライプ」

「え、それが見えるの？」

「ナンバは、四桁で、最初は、４かな」

「警察ではないわね」

「警察じゃない。こちらに気づいているわけでもない」

「私の家の方角ね。駅を見張っているのかもしれない」

トラックは坂道を上っていき、短いトンネルに入った。

「私も変装してくれれば良かった」

道を走っている車は少ない。車でつけられている気配はなかった。谷に架かる橋を渡ったところで、ハイウェイを下りる。そこからは、上りの山道になった。周囲の高い針葉樹に遮られて、空は狭くなる。もうヘリコプタは見えない。

「私が一緒にいるうちは、攻撃はしないはず。少なくとも私は民間人だから」

「攻撃？」

「ええ、もし、あなた一人だけだったら、殺すことはできる。あなたはまだ社員なんだから、これは戦闘行為と見なされるでしょう」

「僕が乗っていることは、あの高さからでは確認できないと思います」

「そうね。このまま、家に入るしかない。家に入れば、向こうも気づくわ。ガレージに屋根があるから、あそこで、あなたはすぐに飛行機に乗り換えて」

「飛行機？」

「そう、前の座席にね。カバーがあるから、その中に入って隠れていて。私は、後始末をするのに、そうね五分くらいかかる。それまでにヘリが着陸して、誰か降りてきたら、私はトラックで飛び出すから、ヘリが私を追いかけているうちに、あなたは逃げて」

「どこへ？」

「うーん、わからない。えっと、岩場の方かな。とにかく家から離れていて。私はもう一度戻ってくる。それで、トラックに乗って、二人で逃げましょう。ヘリコプタだって、そんなに長くは飛んでいられないでしょう？」

「どうして家から離れるんですか？」

「爆破するから」

「え……、あそこを？」

「そうよ。そのためにガソリンを買ってきた」

「そんなことをしたら、あなたは裁判で不利になるのでは？」

「そうね」彼女はこちらを向いて微笑んだ。「頭の回転が早くなったわね」

「不利益になる」

「そんなことは、最初からわかっていたわ。あなたが気にすることではない」

「ほかに方法はありませんか？」

「ない。お願いだから、言うとおりにして。議論をしている暇はないわ」

「わかりました」僕は頷いた。

　ヘリコプタが降りてこなかったら、ヘリが行ってしまうまでやり過ごしてから、二人でトラックで逃げる、ということを確認した。

　カーブを何度か曲がり、今度は真っ直ぐの坂道にさしかかった。空が見えてくる。やはり、高いところにヘリがいるのがわかった。車が変わっているから、相手は、このトラックに彼女と僕が乗っているとは思っていないはず。

「家には戻らず、ヘリがいなくなるのを待ってはどうですか？」僕はきいた。

「うん、その手もあるけれど、時間が惜しい。そんなことをしているうちに、誰かが来るかもしれない。大丈夫、私に任せて」

彼女の小屋が見えてきた。幸い、何事もなさそうだった。車や人影はない。

道路から道を逸《そ》れて、トラックは私道へ入った。途中で、ゲートを開けるために、彼女は一度車を降りた。そして、トラックに戻るとさらに奥へ進む。ゲートを閉めることはしなかった。いざというときのためだろう。

僕はシートに深く腰掛け、上空から見えないように注意していた。空を覗かないように。しかし、ヘリのロータ音はよく聞こえる。

「見ているわ」彼女は言った。

トラックは、彼女のガレージの中に入っていく。

「いい？　隠れていて」彼女はトラックから降りるまえに言った。

「飛行機の燃料は？」僕はきいた。

「え？」

「飛行機で逃げる方が良いかもしれない」

彼女は、僕をじっと見た。

「あちら」後方へ指をさす。「向こうの奥にタンクがある」

「入れておく」僕は言った。「整備は？」

「何？　整備って」

彼女はトラックから降りて、ドアを閉めると、ガレージから歩いて出ていった。空を見上げている。すぐに姿が見えなくなった。小屋のドアを開ける音が微《かす》かに聞こえてきた。

僕はトラックから降りて、飛行機の燃料タンクを確かめにいった。手動式のものだった。幸い車輪がついている。それを引き出して、飛行機の横まで引っ張ってきた。タンクはコクピットの上だ。チューブの給油口の先を持ち、主翼に乗って、コクピットの中に足を入れて、タンクの蓋を外した。そこに給油口の先を差し入れる。短いロープが付いていたので、外れないように主翼の張線に結びつけた。

主翼を降りてから、バルブを緩め、それから、ポンプのレバーを上下に動かす。やがて手応えがあって、燃料がチューブを上っていくのが見えた。タンクをもっと高い場所に設置すれば作業が楽なのに、と考えながらレバーを動かし続けた。

ロータ音が近くなっている気がした。しかし、降りてくるようでもない。監視をしているのだろうか。

ガレージから見える外の風景は、道路側だけ。そちらに異状はない。彼女が入っていった小屋は見えなかった。

しばらくその作業を続けていたら、彼女が戻ってきた。僕を一瞥《いちべつ》して、頷く。

「もう少し。今、電話があった、ハヤセから。すぐにここを出た方が良いって」

「どうして？」

「わからないけれど……。どちらにしても、長居はできない。ねえ、それはもういいよ。飛行機よりは、車の方がまだ安全だと思うわ」

彼女はトラックの荷台へ行き、ガソリンが入ったタンクを二つ引き寄せた。

「大丈夫？　気をつけて。手伝おうか？」僕はきいた。

「駄目、外に出たら、上から見られるわ」

「君がタンクを運ぶところだって、見られる」

「ストーブの燃料だと思うんじゃない？」

彼女は、それを両手に持ってドアから出ていった。

僕はまだ燃料ポンプのレバーを動かし続けている。もう腕の筋肉が固くなっていた。痛いし、限界に近い。でも、躰全体を使って、なんとか持続させる。どれくらい入っただろう？　わからない。まだ半分も入っていないのではないか。

それから、今は閉まっている大きな扉を見た。閂《かんぬき》が刺さっている。それを開けないと、飛行機は外へは出せない。滑走路までは、どれくらいの距離か。外の風景を思い出した。

彼女は何をしているのだろう、と振り返ると、ずっと遠くの山道を走る車が見えた。それは、通り過ぎなかった。私道に入り、こちらへ近づいてくる。

僕は作業を中断して、小屋の開口部のぎりぎりまで走った。

彼女が小屋の玄関からガソリンタンクを持って、後ろ向きに出てくるところが見える。

「車が来た！」僕は叫ぶ。

彼女は振り返り、僕を見る。そして、道の方へ顔を向ける。

「早く！」僕は呼んだ。

空を見る。すぐ真上にヘリがホバリングしている。

「飛行機を出す」僕は言った。

彼女は、ガソリンをそこに置き、ポケットを探した。

「ライタがないわ」

僕はそちらへ走る。

「向こうの扉を開けて！」彼女に指示をした。

道を近づいてくる車を見る。それから上を見る。

彼女は僕とすれ違い、ガレージの中へ飛び込んでいった。

僕はポケットからライタを取り出す。小屋の入口付近はすでにガソリン臭い。煙草を一本取り出してそれに火をつける。煙を一度だけ吸い込んだ。

それから、一歩離れてから、煙草を小屋の入口へ投げ入れた。距離は三メートルくらい。少し遅れて、黄色の炎が上がる。そして、次に低い音が鳴り、もっと大きな炎が立ち上がった。

車はもう、すぐそこまで近づいていた。停車している。紺色のセダンだ。もう一台、道路から入ろうとしているバンが遠くに見える。そちらに、大勢が乗っているのだろう。先発部隊は、二人しかいない。全員が揃うのを待っているのか、まだ出てこなかった。銃を使うつもりはなさそうだ。

小屋は窓からも火を噴き始めた。もう消せないだろう。

僕はガレージの中へ走った。裏口の扉は、既に開いていた。彼女は、飛行機の車止めを外している。僕は主翼に飛び乗り、給油口を取り外して蓋を閉めた。それから、地面に飛び降り、今度は二人で飛行機の後部を持ち上げた。向きを修正するためだ。途中で燃料のタンクを横に退《ど》けなければならなかった。

「私が操縦する」彼女が言った。

「いや、僕がやる。前に乗って」

「エンジンがかかってから」

僕はさきにコクピットに入った。

「バッテリィは？」

「イグニッションを入れて。右の下にある」

セルはないようだ。手動でかけるというのか。

「室内じゃあ、危ない」僕は叫んだ。

でも、彼女はプロペラに手をかけている。ヘリのロータ音が低く聞こえた。僕は振り返って、ガレージの入口から外を見る。角度的に遠くまでは見えなかった。爆発音がする。小屋の方でなにかが弾け飛んだようだ。

「OK。イグニッション・オン」

彼女はプロペラを両手で引き、回転させる。エンジンが軽い爆発音を鳴らす。反動でプロペラが逆転すると、大怪我をする危険な作業だ。彼女は手袋もしていなかった。

「気をつけて!」

もう一度、両手を伸ばし、彼女はプロペラを回した。

機体が振動し、プロペラが一度逆転し、また、その反動で、正転に回り始めた。止まりそうだったけれど、僕はチョークを引き、なんとか回転を維持させる。

「乗って!　もう大丈夫」

彼女は左の主翼へ回り、僕のすぐ横にやってきた。

「大丈夫?　わかっている?」

「大丈夫」

彼女は、前のコクピットに入った。

エンジンの回転を上げる。まだ、ぐずついている。少しずつ。落ち着いて。

ヘリが低空飛行をして前方に姿を現す。ガレージの中を覗いているのだ。

「来た！」彼女が振り返って、後方へ指をさした。

一瞬だけ僕はそちらを見た。バンが家の前に到着して、急停車したところだった。二台めの車だ。

さらに、スロットルを上げる。チョークを少し戻した。しかし、エンジンが息をついた。二気筒くらい爆発し損なったようだ。もう一度チョークを引く。

「早く！」彼女が振り返って叫んだ。

スロットルを上げる。小屋の中のものが風で後方へ飛ぶ。細かいものが舞い上がった。

エンジンの回転が上がり、機体がのろのろと前進を始める。少しずつ加速し、ついに小屋から出ていった。

右手の草原にヘリが着陸し、人が降りてきたところだった。だが、飛行機を見て、彼らは慌てて機体へ引き返した。

ラダーで左へ舵を取り、坂道を斜めに下っていく。

小屋は完全に燃え上がっていた。その向こうに車が二台。小屋とガレージの間の道は、炎で通れない。風向きのため、今にもガレージに引火しそうだった。

小屋を迂回して、男が二人走ってくる。

僕はスロットルを押し上げた。

滑走路まで、あと五十メートル。さっきの炎で風向きもわかった。山側から吹いている。完全な横風だけれど、強くはない。問題はないだろう。メータをチェック。燃料計が半分弱。あとは異常なし。オイル関係のメータはない。きっとエンジンはまだ冷たすぎる。暖機が必要だが、そんな時間はなさそう。止まったら終わりだ。

彼女が前のコクピットから後ろを覗いている。バックミラーがないから、僕は前だけを見ていた。

道が悪く、ラダーの操作がとても忙しかった。シートポジションがしっかりと定まらないから、両脚の操作が難しい。後ろを振り返る余裕なんてなかった。

エンジンはまだ赤ん坊のようにぐずついている。でも、少しだけ暖まってきたかも。回転さえ下げなければ、大丈夫だろう。

ようやく滑走路の端へ。スロットルをさらに上げる。

前の座席の彼女が拳銃を取り出した。後方へ向けて銃を両手で構える。僕は後ろを向くことができない。誰か追ってきたのだろうか。スロットルをさらに上げた。

彼女が銃を少し上へ向けて一発撃った。おそらく威嚇《いかく》射撃だろう。

滑走路は、短い草で覆われている。加速は鈍い。さらにスロットルを上げる。エンジンが少しかぶり気味だと気づく。すぐにチョークを戻した。悪かったよ。頼む、機嫌を直して、回ってくれ。四気筒のうち、前の二気筒がたぶん、オーバ・クールだ。そちらに合わせると、後ろがぐずつく。妥協点でいくしかない。機体は跳ねるように走った。

直進がだんだん安定してきた。僕は振り返った。二人の男がまだ走っていたが、もうだいぶ離れていた。反対側から後方を振り返る。ヘリが離陸した。機体を傾け、こちらへやってくる。

スロットルをさらに開く。大丈夫、飛べそうだ。

主翼の張線が音を立てた。エルロンを少しだけ動かしてみる。充分に手応えがあった。

少し機首を下げる。テールが浮き、地面から離れた。これで楽に走れる。

彼女は既に前を向いていた。地上の追手は振り切った。

もう一度後ろを見ると、ヘリが上昇していく。諦めたか。

空気を摑んだ感じがした。

エレベータを引く。

機体は持ち上がった。

機首を上げないように抑える。

横風で傾く。ラダーで修正。一度また片方の車輪が地面にタッチ。

もう一度跳ね上がった。

スロットルはフル。

じわじわとエンジンの回転が上がる。チョークをさらに絞る。

緩やかに上昇。

彼女が片手を上げて親指を立てた。祝福のようだ。

後ろを振り返る。ヘリが近づいてきた。向こうの方が速い。すぐに追いつかれそうだ。

こちらも加速してはいる。緩やかにバンクして、山の斜面に沿って飛ぶ。

真横にヘリが来た。

僕はサングラスをしている。前の彼女は頭を引っ込めていた。そうか、僕を彼女だと思わせようというわけか。

機速がどんどん乗ってくる。最高速度は、こちらの方が速いだろうか。試してみないとわからない。

ヘリの方へ旋回する。

ヘリは慌ててアップを引き、ブレーキをかけた。

そこで、また距離を引き離すことができた。もう大丈夫。

前の彼女が頭を出した。

「どっちへ行く?」僕は大声で尋ねた。

「何?」彼女がきき返す。

　エンジンがフルスロットルなのだから、話なんかできっこない。僕は指を方々へ向けた。彼女は右を指さした。麓の街の方角だ。しかし、それでは、きっとヘリを振り切れない。

　今度は左側からヘリが追いついてきた。彼女はまた頭を引っ込めた。

　僕は、エンジンを中スローまで絞り、少し静かにさせる。胴体の中に向かって大声で叫んだ。

「聞こえるか？」

「ええ、聞こえる」

「ベルトをしろ！」

「待って」

　やっぱりそうだ。ベルトをしていなかった。だから、あんなに後ろを向けたのだ。

「OK！　したよ。麓の方へ行って」

「そのまえに、ヘリを振り切る」

「どうやって？」

　ヘリは横を飛んでいる。僕は下の地形を確かめた。高度は五十メートル。下は森林だ。真っ直ぐな道路が見えた。

　じわじわと高度を下げる。

　着陸するように見せかけよう。旋回に入れて、高度を落とした。ヘリも下がってくる。

さらにバンクさせて、エンジンを少し上げる。

エレベータを一度ダウン。

ふわっと一瞬無重力になって、機体は下を向く。

なかなか良い加速度だ。

急降下する。道路へ目がけて。

後ろを窺った。ヘリは離れているが、ついてくる。

さて、では……。

高い針葉樹が、道路のところだけない。その谷間に入っていく。道路が近づいてきたところで、エレベータをじわっと引く。速度にのったまま、地面を掠めるように飛ぶ。高度五メートルくらいまで下がった。

後方上にヘリ。

エンジン・ハイ。

機体が躍り、エンジンが吹き上がった。

四気筒ともやっと目が覚めたか。

エレベータを引いた。機首が持ち上がる。

さらに上昇。

機体はほぼ真上を向く。

僕は振り返ってヘリの位置を確認。
機首を持ち上げ、ブレーキをかけようとしていた。
左右には林。後ろに下がるには、転回が必要だ。
上には飛行機。さあ、どうする。
上昇速度が落ちてくる。
背面に入る。
ヘリは止まって見える。
完全に背面。エレベータはそのまま。
そのまま、相手に向けて降下に入る。
ここで宙返りするなんて、思ってもみなかっただろう。
主翼がしなっている感じ。
エンジンは回り続けている。
背面を長くは続けられない。
燃料タンクの位置が高いからだ。
ヘリコプタは前進する速度を失っている。
斜め上から飛行機が落ちてくるように見えるだろう。
テールを回し始めた。向きを変えて、後退するようだ。

エルロンで左へロール。
一瞬で正立に。
さらに落ちていく。
目の前にヘリ。
真上を掠めてアップ。
来た道を戻る方向へ滑り出る。
エレベータを引く。
前の彼女が悲鳴を上げた。
「壊れるぅ！」
壊れないさ、こんなの、飛行機ならば普通のこと。
また機首が真上を向いた。
ヘリはなんとか転回し、こちらを向いたようだ。
さっきよりも小さく宙返り。
降下の途中で主翼を立てる。
ナイフエッジで落ちていく。ラダーで機首をコントロール。
ヘリは、左へ機首をふった。
前進するつもりだ。

ダウンで一瞬のフェイントをかける。

彼女がまたなにか叫んだが聞こえない。

失速の一秒前に正立へ。

スロットルを押し上げる。

高度十メートルでアップ。

道路にタイヤが着きそうだった。

後ろで大きな音がした。

振り返る。

ヘリが着陸したようだ。

テールロータがどこかに当たったのか、バランスを崩している。

堪《たま》らなくなって、緊急着陸したのか、それとも、尻餅をついて、テールを接触させたか。

僕はそのまま緩やかに高度を上げた。林の谷間を抜けて、ようやく広い空へ戻った。

道路をこちらへ走ってくる大型トレーラが見えた。ヘリが道路を塞いでいるから、大変だ。

高度二百メートルまで上がって、スロットルを絞った。ようやく静かになる。

「大丈夫？」僕は胴体の中へ大声を通す。

「死ぬかと思った」彼女が答えた。

彼女が飛ぶ方向を指示してくれた。地形がわかる高度を飛んだ。そうしないと迷子になる。

燃料は片道しかないだろう。目的地に降りたら、給油しないかぎり、戻れない。どこへ行くつもりか。

でも、

僕はとても快調だった。

もし、これがすべて幻覚でも、これなら悪くない、と思えるほどだった。たとえば、既に僕の躰は死んでいて、最後の一息の間に見ている夢かもしれない。素晴らしい。人の人生なんて、そんなものだ。すべてが一瞬の幻想。

少し高度が足りないものの、とにかく、ここは素晴らしい。

空は、なにもかもクリアだ。

自由で、そして、軟らかい。

ゴーグルの代わりにかけていたサングラスを外すと、風防から回り込んだ空気が、僕の目をますますクリアに磨く。

浮いているという体感。

周りは空気だけ。

空気だけがあって、なにも遮っていない。

地面から離れることが、こんなにも気持ちが良いなんて。

踊りたくなるほど爽快だ。

ただ……、

唯一の不満は……、

分かち合う相手。

そう、

踊る相手がいないこと。

あんな太ったヘリじゃなくて。

僕も、こんな鈍い複葉じゃなくて。

もっとシャープに、

誰かと踊りたい。

6

小さな山が迫った川原のグラウンドの近くに着陸することになった。グライダの発着場みたいだ。小型のグライダが二機滑走路の脇で翼を傾けていた。ただ、飛行機は一台もいない。

そこへ降りるまえ、堤防の上を車が走っていて、こちらへ向かって運転席から男が手を振った。病院で会った医師だった。前の座席の彼女も手を振った。

旋回してからアプローチし、簡単に降りることができた。エンジンを止めると、彼女がすぐに主翼に降りて、僕の横まで来て、両手を伸ばした。

「凄かったね、さすが！」彼女は僕に顔を近づけて、頬にキスをする。「やっぱり、飛ぶことは覚えているのね」

当たり前だ、と言おうと思ったけれど、黙っていた。

空を見上げる。飛んでいるものは見当たらなかった。

どこから出てきたのか、三人の男たちが近くまで来て頭を下げた。僕たち二人が降りると、飛行機の後部を二人で持ち上げて、移動させた。

近くの茂みの中へ飛行機を引き込み、大きな網をかけた。もう一人が横に立っている樹に上っていく。機体の上から、袋をあけて、大量の落葉を網の上に落とした。大きな袋が幾つも枝の上にのっているのだ。また別の一人が反対側の樹に上って、そちらからも落葉を振りかけた。たちまち、飛行機は見えなくなってしまった。

残った男が一番年輩だった。僕と彼女を導き、茂みの中へ入っていく。振り返ったときには、もう飛行機はまったく見えなかった。

土手の斜面に直径が二メートルほどの円形のトンネルがあった。排水溝のようなものだ。

下半分が地面に埋まっている。その入口の横にもネットが折り畳まれて置かれていた。落葉が入った袋も並んでいる。男はそのトンネルの中へ頭を下げて入っていった。僕と彼女が入ったあと、入口にネットが広げられた。ここもカモフラージュされるようだ。

飛行機の操縦で疲れたのか、僕は少し眠かった。躰がふわふわとしている。地面に自分の足がついている感覚が頼りない。これは、しかしいつものことだ。飛んだあとは、誰でも酔っているもの。

あたりは暗くなり、電球がところどころに灯っていた。ドアがあって、その中へ。驚いたことに、そこはガレージのように広かった。中央付近に小さなデスクが一つ。そこに一人、鬚《ひげ》の男が座っていて、手紙のようなものを読んでいた。目だけを上げて、こちらをじっと見た。

僕たちを案内した男は、一礼してから戻っていった。

僕と彼女だけが残される。ここにいるのは、その鬚の男が一人だけ。彼が立ち上がり、デスクを回って、僕の前まで来た。僕は、軽く頭を下げた。もちろん、もうサングラスはしていない。でも、首にはまだマフラを巻いていたし、顔の半分を隠したままだった。

手を差し出された。

握手のようだった。僕はそれに応じた。

気がつくと、右側の奥に階段があった。

僕は驚いた。そこに、草薙水素が腰掛けていたのだ。

制服を着ていた。こちらをじっと見据えている。

僕は息を止め、動けなかった。

撃たれる、と思う。

しかし、草薙は動かない。

「どうしたの?」相良が横から僕の腕に触れた。

僕は、草薙から目を逸らし、相良を一瞬だけ見た。でも、息を止めていたせいで、言葉は出てこなかった。

そして、もう一度、草薙を見る。

もう、階段には誰もいなかった。

episode 4: duralumin

Somewhere near midnight the rain slackened, halted; wind barreled about wringing out the trees. Singly, like delayed guests arriving at a dance, appearing stars pierced the sky. It was time to leave. We took nothing with us: left the quilt to rot, spoons to rust; and the tree-house, the woods we left to winter.

第4話 ジュラルミン

真夜中近くなって雨足は弱まり、やがてあがった。だが、風は樹々を根こそぎにするかと思われるほど吹き荒れた。やがて、舞踏会に遅れてやってくる客のように、一つ、また一つと星が夜空に孔《あな》をうがって現われた。立ち去る時が来たのだ。僕たちは何一つ持たずにその場を後にした。上掛けは朽ちるがままに、スプーンは錆《さ》びるがままに残して。樹の家も森も、僕たちはやがて来る冬にゆだねてきたのである。

1

その男は、僕よりも少し背が低かった。灰色の顎鬚《あごひげ》は凍らせたみたいに硬そうだった。シャツの一番上のボタンが取れていて、上着を腕を通さずに羽織っていた。この場所は暖かくはない。もちろん窓はなく、照明の黄色い光だけだった。おそらく地下だろう。奥の階段から地上へ出られるのだろうか。見たところ、暖房器具らしきものはなかった。

「ここがどこなのか、という質問をしないのか？」彼が言った。低い声だ。反響しているのかもしれない。「それとも、俺が誰なのか、それがききたいか？」

僕はどちらでもなかったので、黙っていた。

「いや、失礼。不愉快に感じたら、許してくれ。俺は名乗らない。ここも、まあ、同じだ。そういう場所だ」

「味方よ」隣の相良《サガラ》が補足した。

誰の味方だろう、と僕は考えた。僕は自分の会社の軍隊から逃げてきた。警察も僕たちを捜しているかもしれない。味方というのは、きっと、そういった立場が共通している、という意味だろう。

けれど、正確にいえば、僕が逃げてきたのは病院からなのだ。僕は、戦うことが嫌だったのではない。むしろ、その反対だ。戦えないことに堪《た》えられなかっただけなのだ。たとえば、たった今、戦闘機に乗ってくれ、と指令があれば、僕は喜んで復帰するだろう。この点を、相良は間違って認識しているような気がする。

「とにかく、お世辞にも快適とはいえないが、しばらくここで、ゆっくり治療をするのが良いだろう」男は言った。「ハヤセも、こちらへやってくる」

さっきの堤防を走っていた病院の医師だが、ここで彼が僕を治すのか。

僕は、治るのだろうか。何が壊れているのかも、わからないのに。

「隣の格納庫を見せてやるといい」男は相良に言った。

「そうね、なにか思い出すかもしれないわ」彼女は微笑んだ。

男はデスクへ戻り、僕と相良は、奥の階段を上がった。

二メートルほど上がったところに出口があった。ドアを開けると、暗いトンネルのような場所に出る。そこから、三十メートルほどそのトンネルを直進した。壁は土を板やブロックで塞《せ》き止《と》めた質素なもので、五メートルくらいごとにぶら下がっている白熱電球が光っていた。

突当りで今度は階段を下りた。こちらはコンクリートの階段で、周囲の壁や天井は、岩肌にコンクリートを塗りつけたように、でこぼこしていた。触れると少し濡れている。

「ここは、まえの戦争のときに作られた防空壕なの」彼女は言った。「下水路に通じているから、かなり遠くまで、外に出ずに行けるのよ。経路が沢山あるし」

「誰から隠れているの？」僕は尋ねた。

「まず、警察ね」彼女は答えた。「それに、あなたの会社。つまり、この国の一般的な枠組みのすべて」

「どうして、そんな抵抗を？」

「こうしないと、抵抗できないから」

「いえ、どうして抵抗をするのか、という質問です」

「それは、もちろん、やめさせたいからよ」

「何を？」

「無駄な戦いを」

僕は黙った。

彼女は、無駄な戦いをやめさせるために戦っている。

それは、無駄な戦いではないのか。

無駄な戦いと、無駄でない戦いがあるのか。

無駄だと思う側と、無駄でないと思う側は、敵と味方？

しかし、戦っているのは、無駄ではないと思っているどうし。

わからない。

ただ、僕には、戦いが無駄かどうかなど、関係がない。

無駄でも、無駄でなくても、戦いの価値は変わらない。

違うだろうか。

階段を下りていく。暗いが空気が僅かに動いていて、広い空間がそこにあることがわかった。遠くで僅かに光が漏れている箇所がある。換気口か。

「ここも地下ですか？」僕は尋ねた。

「ええ。上は、堤防の道路になるわね」

「外にあるグライダの滑走路は、クラブのものですか？」

「そう、そこのクラブが、私たちの組織の一部なの。あのグライダは、私が知っているかぎり、飛んだことはないわ」

「飛行機の操縦を習ったのは、ここで？」

「ええ」

「ここへ、飛んでくるために、習ったのですね？」

「いえ、飛行機を購入してからは一度も来ていない。疑われるといけないから」

階段を下りきったところで、彼女は、壁にある照明のスイッチを入れた。蛍光灯が遅れて瞬き、灯った。

僕はまだ階段の途中にいた。冷たい手摺《てす》りを片手で掴んで。そこにあるものに驚き、僕は立ち止まった。

「散香《サンカ》」僕はその名を口にした。

格納庫にぎりぎりの大きさだった。奥を前にして、それはそこに収まっていた。先尾翼の戦闘機。ブルー二色の迷彩。ナンバは入っていなかった。

なんとなく、空気を感じたのは、このせいだったのか。

空間が広いと思ったけれど、そうではなくて、広いところに出たがっている空気だったのだ。

僕は、呼吸ができないほどだった。

「名前を覚えていたのね」彼女は言った。

機体のアウトラインをじっと確認する。

スクラップではない。

本物だ。

生きている。

「え？」僕は彼女の顔を見た。「名前？」

「今、言ったじゃない」

「え、何て言いましたか？」

「もう一度言ってみて」

僕は階段をゆっくりと最後まで下りた。機体を見ながらだったから、自分の足許を確かめる余裕などなかった。そして、ゆっくりと近づいて、奥へ回った。

機首に触れた。冷たい。でも、生きている。

機銃を胴体に装備していた。そうだった、ここにあるんだ。

華奢な脚に黄色のテープが貼られている。スタビライザには、引っ掻いたような傷がある。でも、飛行には問題ない程度。

反対側から、後ろへ回る。

主翼の下を覗き見る。流線形の増槽もある。

カウリングから見えるエンジンも綺麗だ。僕は、プロペラにそっと触れた。ピッチが最小になっている。カウリングには塗装が剥がれている部分が多い。これは、空でついた傷ではなくて、何度も取り外され、整備を繰り返した跡だ。

「ササクラ」僕は口にした。

「え？」すぐ後ろで彼女が言った。僕は振り向いた。「何？　なんて言ったの？」

でも、その記憶もホームを通り過ぎる電車みたいに、一瞬で遠ざかっていった。

僕はキャノピィを見上げた。

そこに、草薙《クサナギ》水素《スイト》の顔があった。彼女が乗っているのだ。こちらを振り向き、僕を見て微笑んだ。

「クサナギ」僕は呟く。

そうか、やっぱり、彼女はここにいたのだ。僕は主翼を回って、前へ戻る。そして、前縁から主翼の上に乗ろうとした。しかし、相良が僕の腕を摑んだ。

「今、名前を言ったわ」彼女はじっと僕を睨《にら》む。「思い出して。あなたは誰？」

わからない。

僕は彼女から目を逸《そ》らし、キャノピィを見上げる。彼女の顔は見えない。中に隠れたのだろうか。どうして出てこない？

「お願いです。あそこに」僕は相良に頼んだ。まだ、彼女が僕の腕を摑んでいたからだ。

「駄目、それは許可されていません」

「主翼に乗るだけでも」

「乗っても良い場所がわかる？」

「もちろん」

そんなことは常識だ。

彼女は溜息をついて、頷いた。

「落ち着いて。無茶をしないで」

「ありがとう」

僕は主翼の上に乗って、コクピットの中を覗き込んだ。シート、ベルト、操縦桿、パネルに沢山のメータ類、スイッチ類、インジケータ、スロットル・レバー。

そこには誰もいなかった。

何故、いない？

幻想か。

周囲を見渡した。

心配そうな顔で見上げている彼女以外に、誰もいない。

目眩《めまい》がする。

急に、立っているのも辛くなった。

けれど、意識して躰の平衡を保ち、僕は主翼から降りた。

機体の下へ潜り込み、増槽に触れる。

とても冷たかった。

そこに、頰を触れたくなる。

あまりにも滑らかで、触れるだけで、躰の一部が奪われそうなくらいだった。気持ちの一部も奪われそうだ。でも、離れられない。

その冷たい金属に、僕は頬を寄せた。

目を瞑《つむ》った。

一瞬にして、青い空が目の前に広がる。

左右を見た。

クリアだ。

自分しかいない。

コクピットの中で。

振り返る。

回転するプロペラ。

そして、ようやく音が聞こえ、遅れて躰に振動が伝わってきた。僕は右手を握る。そこに操縦桿があって、左手にはスロットル・レバーのグリップ。両足は軽くラダー・ペダルに届いていた。躰はシートに抱かれ、ゴーグルとマスクが、僕に呼吸を思い出させる。

この飛行機だ。

僕の飛行機だ。

これで、空を走り回れる。

飛び回れる。

僕は笑った。

躰の内側から、それが湧き上がってきたからだ。
信じられない、また飛べるなんて。
素敵だ。
幸運だ。
操縦桿を左右へ振った。
ほんの僅かに遅れて、世界が回転する。
すべてが僕についてくる。
どこにも触れていない。
なにものにも支えられていない。
自由だ。
なにもかも無関係。
僕は、僕であって、僕以外には無関係。
どうして、こんなに簡単なことが許されないのだ？
どうして、こんなに純粋なことが許されないのだ？
避けられている。
遠ざけられている。
拒《こば》まれている。

妬《ねた》まれている。
蔑《さげす》まれている。
恐れられている。
憎まれている。
嫌われている。
何故、自分でない者にまで、自分の愛を押しつける？
それが愛だと信じさせるためにか？
本当の愛ならば、信じさせる必要などない。
違うか？
ああ、人間たちはみんな馬鹿だ。
この飛行機の、この美しさを見ろ。
この翼を見ろ。
これに比べたら、すべてが醜い。
愛なんて、錆《さび》のようなものだ。
それが、綺麗な営みだと、錆が思い込んでいるだけ。
美しさを知らない。
なにも見ていない。

美しさとは、この冷たさのことだ。
なんて、懐かしいんだろう。
僕の喉が痙攣《けいれん》し、息が震えた。
目を開けると、涙に滲《にじ》んでいる。
金属が濡れてしまった。僕は袖口でそれを丁寧に拭《ぬぐ》った。
けれど、涙は止まらなかった。
ああ……、僕は泣いているのだ。
悲しくないのに、泣いている。
たぶん、この美しさのせいだ。
美しさに涙が出る。
こんなに美しい存在が、世界にあるだろうか。
機体の曲面にぼんやりと映った自分の醜い姿を見る。
どうして、人間はこんなにも醜いのだろう。
でも、そんなことで泣けるわけではない。
どんなに可哀相でも、どんなに惨めでも、涙なんて出ない。
涙が出るのは、崇高な美に触れたときだけ。
「大丈夫？」女の声。

僕は跪《ひざまず》いていた。振り返って彼女を見る。そこにいるのが、草薙水素だという予感がした。しかし、そうではなかった。溜息をついてから、僕は立ち上がった。

「泣いているの？」彼女がきく。

僕は黙っていた。質問に答える意味がない。

「なにか、思い出した？」

「これに乗っていた」

「この飛行機に？」

「同じ機体に」

「どうして、それがわかるの？」

「わかります」

「どこでわかるの？」

「人の顔を見分けられるのと同じです」

「まったく同じ型？」

「いろいろな型がある。最初は、主翼に機銃があった。このタイプはそのあとのものだ。機銃を機首に移して、主翼が薄くなった。それで、ロールが軽くなって、速度も伸びた」

「飛行機の名は？」

「さっき、言ったんじゃあ」

「もう一度、言ってみて」

その名前は出てこなかった。でも、この機体のことはよく知っている。それは思い出した。カウリングの中のエンジン、そのヘッド、カム・カバーの中のスプリングまで思い浮かべることができた。エンジンの音だって、キャブレタの音だって、ダイブのときのスタビライザの振動音だって、僕は知っている。匂いも思い出せた。濃い場合の排気、高度が上がったときの焼けるような匂い、オイルや湿度によって変化する排気の色もわかる。

つまり、見たもの、聞いたもの、嗅いだものは全部覚えている。僕が記憶できないのは、言葉だ。特に、名前が思い出せない。どうしてだろう。

ここにある飛行機と自分の関係は、飛行機の名前を覚えていなくても、揺らぎのない確かなものだ、と思えた。これに乗って飛ぶために、その名前を呼ぶ必要はない。

僕自身もそうだ。僕の名前を呼ばなくても、僕は生きていける。特に、空に上がってしまえば、誰も僕の名を呼ばない。名前なんて必要ない。

目の前の彼女が、僕の肩に触れた。

「大丈夫、いつか思い出せるわ」

どうやら、慰められたようだ。僕の涙のせいだろう。悲しいから泣いていたのではないのに。思い出せなくてもいいのに。

2

簡単な食事が出た。

缶詰を温めたもののようだった。既に消化されたあとみたいなシチュー。干上がった沼くらい乾燥したビスケット。あとは、オイルが沈殿したコーヒーだった。どれも、僕には充分なものだった。

食事のときは、彼女と二人だけだったから、当たり障りのない世間話をした。僕の前髪が少し長いから、切り揃えてはどうか、と彼女が言うので、それはそのとおりだと思った。だから、ハサミを貸して欲しいと頼んだら、何故か笑われてしまった。それから急に笑うのをやめて、切ってあげたいけれど、私は駄目だ、と言う。

「何故？」僕は尋ねた。

「私が髪を切った次の日に、あの人が墜《お》ちたから」彼女は、そう言いながら口だけで笑おうとした。目の下が一度痙攣する。その頬に、片手を当てて、下を向いて誤魔化した。

「髪を切ったこととは、無関係だ」僕は言った。

「ええ」

「そんなことを気にするなんて、科学者らしくない」

「そうね」

「いろいろ縁起をかつぐものだけれど、たいてい、なにも関係がない」僕は話した。少し気分が良かったのだろう。「飛行機に乗る日に履く靴の紐の結び方とか、出撃の日にだけ着けるペンダントとか」

「それは、誰のこと？」

「さあ、誰だったかな。でも、誰でもそんなルールを持っている。だいたい、例外なくルールどおりになるんだけれど、最後に一度だけ、その力が利かないときが来る。利かないのは、たったの一回だけだ」

「そうね」彼女は頷いた。「そういえば、病院で、ティーチャって言っていたでしょう？　その人は、どうしてティーチャっていうの？　渾名《あだな》？　なにかのお呪《まじな》い？」

「コードネームだよ」

「ああ、飛行機に乗っているときに、その呼び名を使うのね？」

「そう。ティーチャは、天才的なファイタだった。誰でも知っている。伝説のエースだ」

「会ったことがある？」

「うーん」僕は目を瞑った。「どうかな」

　暗い場所。

　赤い光。

どこだ？
一瞬で明るくなる。
青い空が広がる。
左前方に機影。
トラクタだ。
翼を斜めに立てて近づいてくる。
僕は既にダイブに入り、下から。
上空を通過する。
後方へ。
振り返る。
翼を振った。挨拶だろうか。
その後、上昇していく。
僕も慌てて、機首を持ち上げる。
シートに躰を沈めて、相手を見る。
上っているはずの機体が消えていた。
探す。
反転。下にいた。

後方だ。

いつの間に、あそこへ。

失速させたのか。

とても、そんな低速には見えなかった。

近づいてくる。

速い。

ボンネットに黒いマークが見えた。

黒猫だ。

左へ回避。

フラップを下ろす。

駄目だ。

間に合わない。

目を開けた。

止まっていた呼吸が戻る。躰が震えそうだった。寒くもないのに歯が当たる。恐ろしい。

恐ろしい存在。どうして、恐ろしいのだろう。

「疲れたでしょう?」彼女が優しく言った。

そうだった。彼女と話をしていたのだ。何の話だったか。

また、恐ろしいものの余韻を感じていた。

背筋がぞっとするような……。

それは、何だったか。

すっと、遠ざかって、消えていく。

すべての感覚が消えていく。

「少し眠る？　あと三時間くらいしたら、ハヤセが来るわ。また、診てもらうことになるでしょう」

「ああ、催眠術の？」

「大丈夫、治療だから。ね、良くなるのよ」

外の空気が吸いたかった。ここは、泥のように空気が重苦しい。湿っているからなのか、それとも停滞しているからなのか、あるいは単に暗いだけなのか、それもわからなかった。格納庫は、オイルの匂いがあまりしなかった。もっと別の、人工的な複雑な匂いだった。

頭痛がする、と気づいた。

外に出ることは、きっと反対されるだろう。落葉で飛行機を隠したりして、あんなに苦労しているのだから。

休みたいと彼女に言うと、部屋へ案内してくれた。階段を上がり、トンネルを戻って、さきほどの男がいた部屋の近くだった。小さな部屋にベッドが上下に二段。照明は汚れた蛍光灯が一本だけ。

「ここで、寝られそう？」彼女がきいた。

「ええ」僕は頷いた。

ベッドには、新しい毛布があった。それだけで充分だ。照明は消さない方が良い、と言われた。僕が横になるのを見届けて、彼女は部屋から出ていった。

足音が遠ざかって、静かになる。

少し落ち着いた。

どうも、僕が思っているのとは違う方向へ、ことが運んでいる気がしてきた。今まで疑っていなかったけれど、もしかして、彼女は僕を騙《だま》しているのではないか。僕を利用しようとしているのではないか、という小さな疑惑も生まれた。

小さいというのは、つまり、そんなことどちらにしたって大したことではない、という意味だ。

しばらく目を開けていた。

蛍光灯が、微かに唸《うな》っている。

壁の染み、ひび割れ、ドアの金具の曇り、そんなものを横向きのまま眺めていた。目を瞑ったら、また空が見えるだろうか。それとも、目を開けていたら、ドアを開けて、草薙水素が入ってくるだろうか。どちらが望みだ？　そんな想像をした。

今日は、でも、久しぶりに飛行機に乗れたことが嬉しかった。本当に楽しかった。また乗りたいな。もう燃料がないから駄目だと思っていたけれど、ここには燃料タンクくらいありそうだ。

「いや、だって、散香がある」僕は呟いた。

散香？　サンカ、散香。サンカ。そうだ、あの飛行機の名前だ。散香というのだ。思い出した。綺麗な機体だ。とても軽い。後ろにエンジンとプロペラがあるプッシャ・タイプ。斬新なデザインで、戦闘機としては革命的だった。プッシャの効率の高さは、主翼が小さくできる分、高速域の加速性に優れる、といった方向へ利用されるのが通常だけれど、散香は意図的に主翼を小さくせず、結果的に軽量で旋回性を得た。機敏で、上昇力が抜群だ。

もうずっと、僕はあれに乗っている。

そう、ずっとだ。

最初からだっただろうか。もっと、別の飛行機に乗ったことはなかっただろうか。それは思い出せなかった。

でも、あの機体が好きだ。

誰よりも、好きだ。

3

ずいぶん眠っていたように思う。でも時計もないし、窓もないから、正確な経過時間はわからない。気分は悪くなかった。少なくとも、悪い気分はすっかり沈殿して、上澄みはクリアになった感じがした。

ここがどこなのか、よくわからなかった。基地の宿舎ではない。病院でもない。

沢山の夢を見たような気がする。

病院を抜け出し、ハスキィな声の女と一緒に車で逃げた。駅の電話ボックスで、銃で撃たれたように思う。ドライブインでは酔っ払った男が絡んできた。峠の駅で電車を降りたら、女が車で迎えにきた。病院みたいな部屋で男から質問をされた。複葉機で宙返りをした。トンネルを抜けると、そこに美しい戦闘機があった。それらのものすべてが夢なのか、それとも現実なのか、区別がつかない。

でも、今、ベッドから足を下ろして、靴を履いた。靴はそこにちゃんとあった。僕の靴にちがいない。この場所に自分がいるということは、たぶん、ほとんどが夢ではなかった、ということだろうか。とにかく、どこまでが現実で、どこまでが夢でも、今、目の前にあるものとは、折合いをつけるしかない。

朝目覚めたら、猫になっていたり、昆虫になっていたり、別の生きものになっていないだけでも幸運だ。僕は自分の手を見た。人間の手だった。僕は手が小さい。指が細いとよく言われる。誰に言われたって？　それは思い出せない。その手で、顔を洗うように一度擦《こす》った。そうだ、髪を切らなければ。ハサミはどこだろう？　そのまえに煙草が吸いたかった。ジャケットがベッドの上にあったので、ポケットを探る。煙草の箱とライタが入っていた。でも、見回したところ、灰皿はない。禁煙かもしれない。我慢することにした。

　ジャケットのポケットには、もう一つ手応えがあった。身分証明のカードだ。僕の写真がある。そして、認識番号がある。けれど、名前は書かれていない。部品ナンバと同じで、ナンバで参照されるシステムなのだ。プラグには、プラグとは書かれていない。型式ナンバが刻まれているだけだ。

　僕がどんな人間なのか、これがすべてだ。名前など、僕には無関係ではないか。ナンバで参照してデータを調べれば、それが僕の機能だ。飛行機に組み入れれば、期待される性能は発揮されるだろう。既に消耗していなければ。

　足音が聞こえた。ドアの前で立ち止まるのがわかった。そして、ノック。

「はい」僕は応えた。

　ドアが開き、彼女が立っていた。

「おはよう」彼女が言った。「眠れた？　体調は？」

「よく眠れました」

「私の名前は？」

「えっと……」僕は彼女をじっと見る。もちろん、顔には見覚えがあった。でも名前は思い出せない。僕は首をふった。「すみません」

「気にしないで。ごめんなさい、変な質問をしました」

「あの、煙草を吸えるところはありませんか？」僕はきいた。

「あ、ええ、じゃあ、案内するから、ジャケットを着て」

彼女について、薄暗いトンネルの中を歩いた。最後にドアを開けて、そこから梯子《はしご》に近い急な階段を上がった。

明るい小さな部屋に出る。窓があった。久しぶりの地上の明るさだった。

「あ、もう朝なんだ」僕は呟いた。「何時ですか？」

「午前七時」彼女は言う。「寒いでしょう？」

そんなに寒いとは思わなかった。三メートル四方ほどの木造の小屋の中にいる。階段は、木の箱の中にあった。その箱の蓋が開いている。蓋を閉めれば、そこに階段があるとはわからない。窓には、透明度をほとんど失ったガラスが塡め込まれていた。

ドアの閂《かんぬき》を外して、彼女はそれを開けた。

僕は外へ出る。冷たい空気が、水のようにさらさらと流れるのがわかった。僕の周囲で小さな渦を巻く。湿っていた。地面も濡れている。周囲には高い草。風で動いている。樹木も何本かある。丘の上のように見えたけれど、反対側を見ると、川があった。堤防の斜面のようだ。

空を見上げる。青く透き通っている。雲は東の低いところに浮かんでいるだけ。太陽は既にその上で、白く眩《まぶ》しかった。見える範囲の空には、なにも飛んでいない。

僕は煙草を取り出して火をつけた。煙を吸い込んで、そして吐き出す。僕の周りの渦が煙で一瞬だけ染まった。でも、すぐに見えなくなる。あっという間に消えていく。

「本当は、昨夜、ハヤセがここへ来ることになっていたの」彼女は話した。「でも、来なかった。連絡がない。なにかあったのかもしれない」

「ハヤセ？」

「あなたを治してくれる医師」

「ええ、昨日、会いましたね」

「彼が来たら、あなたを起こすつもりだったのだけれど」

「ゆっくり眠れました」

「そりゃあ、疲れていたんじゃない？」

「これから、どうするんです？」僕は尋ねた。

彼女は、口もとを緩めた。

「面白い質問ね。どうしたい？」

僕は空を見上げた。

どうしたい？

「飛びたい」僕は答えた。「あの散香で、飛びたい」

「そう、散香よ」

「え？」

「いいえ、続けて」

「どうして、散香がここにあるのですか？」

「私は知らない。でも、一機だけ手に入ったみたい。それを整備して、飛べるようにしたと聞いたけれど」

「ここへは、飛んできたのですね？」

「そうよ」

僕は、川の方を見た。滑走路の端だけが見える。

「燃料は？　武器は？」

「何？」

「ここに、ありますか？」

「ええ、充分とはいえないけれど」

「じゃあ、飛べる」

「どこへ？」

僕はまた空を見た。

「空へ」

「でも、いつかは戻ってこなければならないわ」

もう戻れなくてもいい、という発想がそのときあった。

飛んだまま、死ねたら。

どうすれば、それができるだろう。

銃を持って、空高く上がって、そこで自分の頭を撃てば。

そうすれば、飛行機はそのまま。

いつまでも、空にいられるような、気がした。

ずっと、永遠に墜ちないような、気がした。

煙草を吸いながら、少し歩いた。

斜面を登りきると、そこには、車がやっと通れるほどの道があった。緩やかなカーブを描いて、森と平野を分けている。平野は、平たくどこまでも続いているようだった。人家は近くにはない。ところどころに黒い小さな森が見えた。

もう一度空を見上げる。鳥が一羽、羽を広げて滑空していた。僕はそれをじっと捉えた。

「鳥を見ているの？」彼女が隣に立った。

「もうすぐ、降下に入る」僕は言った。

三秒後に、鳥は右へ倒れ込むようにしてダイブに入った。翼を畳み、急角度で地上目がけて降りていった。地上の近くで水平に起こし、素晴らしい速度で草原の上を掠《かす》めた。最後に、翼を大きく広げてブレーキをかけたところで、姿が見えなくなる。そして、次の瞬間には、羽ばたきながら、緩やかな角度で上昇していった。獲物の重さが、その角度に現れている。

「どうしてわかるの？」彼女がきいた。

「何が？」

「いつ、急降下するのか」

「そんなことわからない」

「でも今、もうすぐって、言ったじゃない」

「いつかは急降下する」僕は彼女を見て微笑んだ。「そのために飛んでいるのだから」

同じ小屋から地下へ戻り、食事をした。暗い部屋に人間が八人いた。彼女のほかに、もう一人若い女がいて、その女が、スープやお湯の入ったポットを運んできた。みんな黙って、静かに食べた。誰を見ても目が合った。僕は注目されているようだ。

「ハヤセは捕まった。まちがいない」背中を向けている誰かが言った。

「ああ、たぶん、そうだろう」別の男が悠長な応対をする。

「すぐ近くまで来ていたのに」

「気が変わって、戻ったのかもしれない」

「それなら、連絡があるはずだ」

「それができなくなった。なんらかの理由で」

「ここを引き払うべきだ。一刻も早く」

「その判断が間違いだとは言わない」それを言った男は、スープを掬《すく》ったスプーンを口へ運び、飲み込みながら、僕の方を一瞥《いちべつ》した。「殺しにくるのか？　それとも、大事な兵器を取り戻したいのか？」

「食事中くらい静かにできない？」彼女が振り返って言った。

こちらを向いても、彼女は僕と目を合わせなかった。

食べる音。食器の細かい音だけ。

そういえば、鬚の男がここにはいなかった。何をしているのだろう。彼がここの指揮官にちがいない。

食事が終わるまで、誰も一言も口をきかなかった。

大事な兵器を取り戻しに来る？

散香のことだろうか。

そうじゃない、あの男の目でわかる。

僕のことだ。

僕を殺しにくるか、それとも取り戻しにくる。そんなとばっちりを受けたくない、迷惑だ、という口調だった。たしかに、僕が来たことでトラブルが大きくなっているのは、なんとなく理解できる。周囲が緊張しているのが、雰囲気で伝わってくる。

ドアが開いて、鬚の男が入ってきた。テーブルの端に立ち、座らなかった。部屋は静かになる。

「四十分後に、ここを撤収する。飛行機二機は、飛んで東の峠を越える。支援部隊と湖畔で合流の予定。残りは、ボートで川を下る」

「昼間にボート？　いい標的だ」誰かが言った。

「二十キロ下流にトラックが待っている」

「飛行機に乗るのは？」相良が質問した。

「フクダとハシヅメ」

「え、あの……」一人が立ち上がって言った。「複葉はいいが、散香は操縦したことがない。あんな、おかしな飛行機、無理ですよ」

「僕が乗ります」僕は言った。

全員がこちらを向いた。鬚の男も、僕を見据えた。

相良が僕の顔を見て、首を横にふった。

「適任です」僕は言う。「降りる位置さえ、教えてもらえれば、責任を持って届けます」

十秒間くらい沈黙があった。その沈黙が、つまり返事だった。誰も反論がなかった。最後に、リーダは僕を睨んで頷いた。

「整備は？　武装は？」僕は尋ねる。

「ここに残しておけない。積めるものはすべて持っていく」

「すぐに準備をしましょう」僕は立ち上がった。

鬚の男が僕の近くまで歩み寄った。

じっと僕を見る。皺がいっぱいの顔。目は灰色で義眼のように左右で大きさが違っていた。疑惑も期待も、憎しみも愛情も、すべてがその瞳の中に閉じ込められているようだった。

「裏切るな」彼は小声で囁くように言った。

「何をですか？」僕は尋ねた。

隣のテーブルで何人かが一斉に立ち上がった。

鬚の男は、そちらに広げた手を向けて、制した。

「万が一、飛行機に出会った場合には、撃ち墜とす」

「その可能性がありますか？」

「ある」

「わかりました。撃ち墜とします」

「それが、許可をする条件だ」

「了解。すぐに武装を」

「よし」髭の男は頷く。「最善を尽くそう」

全員が立ち上がって、部屋から飛び出していった。僕もすぐに飛行機のところへ行きたかったけれど、彼女が僕の腕を掴んだので、その場に残った。最後まで僕を見据えていた髭の男も出ていった。僕と彼女の二人だけになる。

「これで、お別れになるかもしれないわね」彼女は言った。「もう少し長く一緒にいられると思っていたけれど……。あなたが正常な人間に戻るまで、私には責任がある。でも……」

「僕は、正常です」

「ええ、もしかしたら、そうかもしれない」

「あなたが責任を感じる必要はない」

「でも、そうは思えないの。私を恨んでいない？」

「僕は、誰も恨んでいない」

「本当に？」

「本当です」

「生きていれば、また会える可能性もあります」

「覚えているか、どうかですね」僕は微笑んだ。

「覚えていて」彼女は僕に触れた。「お願い」

「約束はできません」

彼女と別れ、僕は格納庫へ向かった。三人の男たちが、飛行機の周囲にいた。二人は胴体の下だ。台車に弾薬が載っていて、その装塡作業を始めつつある。もう一人は、後部のエンジンのところにいた。

「燃料は？」僕は尋ねた。

「もう入っている」台車の横にいた男が答えた。「本当に、これで飛べるのか？　どっちへ飛ぶんだ？」彼は機首と後尾を指さした。

プッシャを見たことがないのかもしれない。

エンジンの方へ行くと、そこにいた男が僕に手を差し出した。意味がわからない。

「ハシヅメという」男は言った。「これに乗れといわれたのは俺だ」

「でしゃばって、悪かった」僕は言った。

「いや、助かったよ。乗ったことがない。上手く飛ばす自信がない」

軽い握手をした。

「戦闘機に乗ったことは？」

「一度もない。これをここへ運んできた奴は、怪我をしていた。ここへ来て、一週間くらい生きていたかな。そいつに、操縦の仕方だけは聞いたんだが……」

「コクピットに入っていい？」僕は尋ねた。

「ああ、もちろん」男は笑おうとしたようだ。

「これが、ここへ来たのはいつ？」

「二カ月まえだ」

二カ月飛んでいないのか、と思う。

オイルが固まっていなければ良いが。

反対側から主翼の前へ回り、ステップに乗った。キャノピィのロックは外れている。中には誰もいない。草薙水素もいなかった。僕だけのために、グラスファイバのシートは素直でクリアだった。

僕はシートに座る。

一瞬で、躰中に冷たい血が流れ込んだように、肩や膝がちくちくした。僕のオイルがまだ冷えているからかもしれない。

そっと操縦桿に触れる。ほんの少し左右に押してみた。主翼を見て、エルロンの動きを確かめる。メータ類を見る。バッテリィは大丈夫だろうか。

「ササクラ」顔を出して、下にいる奴に尋ねた。

「は？」

「いや……、えっと、予備のバッテリィはある？」

「ああ。でも、大丈夫だろう、たぶん」

「エンジンがかけられないかもしれない。こいつは、特に重いんだ。最初だけでも、予備を繋いだ方が良いかも」

「どうやって、並列にする？」

「カウリングの前だ。右側の下にジャックがある」

男がそちらへ見にいった。

「ああ、これか。わかった」

無線の必要はない。高く飛ばなければ、ヒータもいらない。ラダー・ペダルの位置を確認して、シートをスライドさせた。傷は多かったけれど、綺麗なコクピットだ。撃墜マークもない。一つだけ、メータが割れていたけれど、たぶん動くだろう。

「急げ！」男の声が聞こえた。

階段に鬚の男が立っていた。手摺り越しにこちらに身を乗り出している。

「予定を早める。できるだけ、早く」

彼はこちらへ下りてきた。

「あと、どれくらいかかる？」

「まだ、最低でも二十分は」主翼の下から男が答える声。

「十五分で。急げ」彼はコクピットの僕を見上げた。「準備ができ次第、ただちに飛べ」

僕は片手を上げて、それに応えた。

4

散香を外に引き出しているとき、突然地響きが起こった。近くで爆発があったようだ。少し遅れて、砂混じりの風が機体に当たった。

僕は空を見た。

二機。

いずれも双発の攻撃機。

また、爆音が響く。今度は、煙の柱が空へ向かって上がるのが見えた。近い。二百メートルほど先だろう。

「始動する」僕は叫んだ。「予備バッテリィをつなげ！」

主翼に乗って、コクピットに入った。急いでベルトを掛ける。ヘルメットとゴーグルがないが、そんなことは問題ではない。空を見上げる。攻撃機が一機。高度は三百。次は、ここを狙ってくる。逃げられない。風速の誤差に期待する以外にない。

別のエンジン音が聞こえた。滑走路へ、複葉機が出ていくのが見える。離陸するようだ。

メインスイッチ・オン。バッテリィは思ったとおり、イエローゾーンだった。何度もエンジンを回す力はないだろう。音がしたので、後ろを振り返る。予備をジャックへ繋いだようだ。男がボディを叩いて知らせた。

始動の合図をする。

僕はスタータを回した。

鈍い音。そして、やがて、プロペラが回る。

爆発はない。

一度止めた。

電圧が回復するのを待つ。

頼む、今度はかかってくれ。

スタート。

プロペラが回る。

鈍い爆発音。

機体が揺れた。

駄目か。

轟音。すぐ近くだ。

地面が揺れたのか、機体が揺れたのか。

周囲に砂が立ち込め、あっという間に視界が真っ白になった。なにも見えない。まだ揺れている。

振動が持続。

エンジンが回っていた。

振り返ったが、プロペラは見えない。

スロットルを少しだけ押し上げる。

遅れて、エンジンの回転が追従。まだ、毎分五百くらい。

しかし、なんとか回っている。

キャノピィの外が、少しだけ見えるようになった。

右手に炎。少し先でなにか燃えているようだ。

エンジンは九百まで上がった。

滑走路が見えてくる。

そちらはクリアだ。複葉機は無事に飛び立っただろうか。

砂煙が消えて、上空が見えた。遠ざかっていく機影が一つ、右手へ行って見えなくなった。もう一機はどこだ。おそらく複葉機を追っているのだろう。

爆弾をいくつ持っている？ それを使いきったら、機銃で撃ってくるだろう。しかし、この飛行機が飛ぶとは思っていないはず。

メータで油圧を見る。

キャノピィをロック。外にいる連中に手で合図をした。

逃げるように離れていく。

スロットルを押し上げる。回転は千五百。機体が揺れる。

ブレーキを解除。

燃料経路の切換え。

トリム・セット。

機体はゆっくりと前進を始めた。

滑走路までは、草地で坂道だった。転がり出るように、一気に駆け下りる。

一旦、ブレーキング。方向を変える。

スロットルをさらに開く。

回転は上昇。

息をついた。

そう、僕は知っている。

このエンジンの癖だ。

大丈夫、回り続ける。

ゆっくりとまた回転が上がってくる。

エルロンを左右に振った。

先尾翼のエレベータも上下に振る。

回転は二千。

行くぞ。

前方クリア。

上空。

左から黒煙が上がり続けている。

白煙は今はもう消えた。

散香は、走り始めた。

右から攻撃機が低空で侵入してくる。

スロットルをさらに押し上げる。

こちらへ向けて機銃を撃った。

地面に煙柱が立つ。その中を散香は通り過ぎた。

加速する。

行け。

機体は振動。

滑走路は凸凹だ。

散香の脚には、不向きな条件。

我慢する。

左後方を見る。

行き過ぎた攻撃機がターンをしていた。後方へつこうとしているのだ。後ろから狙われたら、終わりだ。

エンジンがようやく回ってきた。

もう、なにも聞こえない。

振動。

それが、僕の躰と一体化する。

目の前の空に、道が見えてくる。

空気を摑む。

エレベータを引いた。

静かに、僕の足は地面を離れる。

静寂。

滑らかな。
そして、空気の上を嘗《な》めるように、翼が滑《すべ》る。
エレベータで機首を抑える。速度が増すまで我慢。
地面はまだ近い。ずっとロー・パス。
川の方へ出る。さらに下がって、水面に近づく。
高度三メートル。
後方、敵機は二百。
速度が乗ってきた。
むしろ静かになる。
もう撃ってくるぞ。
見てろ。
エレベータを引いた。
散香は静かに上を向く。
上昇。
敵機も上を向いた。
撃った。しかし、もっと上にいる。
上昇。

下を通り抜けて、敵機が前に出る。
ロールして、それを確かめた。
エンジン・スロー。
たちまち、失速。
右へ倒れ込んだ。これがこいつの癖だ。
躰が揺さぶられ、機首が一気に下を向く。
墜ちていく。
スロットル・ハイ。
フラップ・ハーフ。エア・ブレーキ。
エレベータ・アップ。
フラップを戻す。
エルロン、左。
ラダーで右へ修正。
目の前に敵機が接近。
機銃安全装置解除。
油圧チェック。
一度右へロールして、もう一機の位置を探す。

近づいた。

双発の排気の間に入った。

撃つ。

左へ離脱。

まず、一機。

上昇。もう一機は？

見つけた。

僕の横で、敵機が炎を上げる。右のエンジンが火を噴き、その方向へ傾き始める。

スロットル・ハイ。

ロールしながら舞い上がった。

軽い。

あっという間に三百上がった。

背面で、敵の位置を確認。

複葉機は飛んでいない。

地面からは、三つの煙が上がっている。

さっきの一機が川の反対側へ突っ込んだのが見えた。

煙の柱は四つ。

もう飛んでいるのは一機だけか？

こちらはファイタだ。アタッカでは相手にならない。

そちらへ下りていく。

相手は上りながら、直進。明らかに、逃げようとしている。

後方から接近。速度はこちらが速い。

左へ旋回した。

しかし、上昇を続けている。

あと五秒で撃つ、というまえにロールをして、周囲を確認した。上に二機見えた。まだ小さいが、こちらへ来る。

上出来だ。護衛の戦闘機だろう。

四機も来たなんて、よほど重要な拠点だったのか？

こちらに戦闘機がいるのを知っていたとは思えないが。

後ろについた。

撃つ。

右へ離脱。

スロットル・ハイ。

上昇する。

上の二機は、既に両サイドに分かれている。

さきに降りてくる方へ、機首を向ける。

同時に、もう一機の軌道を追った。思ったとおり、後ろへ回り込むつもりだ。

さっきの攻撃機は森の中へ突っ込んだ。

オレンジ色の火が一瞬だけ見えた。音は聞こえない。

これで二機。あと二機だ。

エンジンはどんどん調子が上がっている。滑らかな音になってきた。油圧チェック。油温異常なし。弾は、あと十五機墜とせる分が残っている。

高度五百まで上がって、旋回に入る。

下から来る奴を見ている時間の方が長い。

もう一機も旋回に入った。

ダンスだ。

内側へ一気に切り込む。しかし、すぐに戻す。

ロール。

下から来る奴がさきか。

アップ。

背面のまま一気に降下。

相手は右へ逸れた。驚いたようだ。初心者か？
その後ろに簡単についた。
しかし、上の奴が左斜めから来る。
エンジン・ハイ。
エレベータで抑え、フラップで減速してフェイク。
もう少し近づかせよう。
フラップを一気に戻す。
エレベータ・ニュートラル。
機体は加速する。
やや上昇。
引き離す。
アップ。
相手も上を向いたが、少し遅い。
背面へ。
敵機を二機真下に見た。
さらにアップ。
降下する。

ロール。

上の一機は左へ倒れ込んだ。下へ逃げるつもりか。

その下の奴は上昇しようとしている。

エンジンを絞る。

フル・フラップ。

静かになった。

風を切る音。

ややダウン。

ロールしないのがフェイク。

ダウンで、水平へ向ける。

躰がベルトで引っ張られる。

なんて軽い。

目の前に敵機が現れる。

一秒撃った。

アップ。

翻《ひるがえ》る。

世界が回る間に、下の奴を見る。

炎。

爆発音が聞こえた。

これで三機。

そのまま降下。

残りの一機は旋回に入った。やるつもりだ。そうでなくちゃ。

スロットル・ハーフ。

フラップ・ハーフで、バンク。

汗をかいていた。

暑い。

スロットル・レバーの左手を一度離して、手首を振った。

左を見ている。

相手がさきに出てくるか。

旋回半径は少しずつ小さく。

音楽が聞こえるような気がした。

エンジンのカムのリズムだろうか。

メータをチェック。油圧正常。油温は少し高い。

そうだ、まだ増槽を捨てていない。

捨てなくてもいけそうだ。
ゆっくりと深呼吸をした。
落ち着け。
僕は、生きている。
そうだ、ここが僕が生きる場所だ。
操縦桿を軽く左へ。
誰が決めたのでもない、勝手に躰が動く。
翼を剣のように立てる。
相手もこちらを向いた。
近づく。
相手が撃ったので、ダウンで修正。
すれ違った。
フル・フラップ。
エンジン・スロー。
アップ。
トップで反転して、インメルマン・ターン。
相手は旋回して、こちらを向こうとしている。

接近。
ラダーで振る。
右手が撃ちたがる。
無理か。
相手は左へ下りていく。
ロールして、アップ。
下へ。
スロットルを押し上げる。
追う。
速度がぐんぐん増す。
緩やかにバンク。
右へ。
敵機の後ろ三百。
速度は同じ。
地面が近づいてくる。
黒い森林。
さらに右へ。

スロットルを絞る。

そろそろ、相手はブレーキをかけるつもりだ。

まずは、フェイントで来るだろう。

アップで失速に入れる手もある。危険な賭けだけれど、決まれば起死回生だ。でも、大人しい奴だから、きっとそんな真似はしない。

フェイントをかけてきた。

軽く躱《かわ》して追尾。

二百。

左へ反転した。

下はもう地面だ。

しかし、追う。

百。

もう少し。

撃つ。

アップで離脱。

当たったか？

息を止めて加速度に耐える。

上を向いた。躰が軽くなる。
ロール。敵機はいなかった。
森の中から炎が上がり、白い煙が一瞬で広がった。
残念、もう終わりか。
僕は飛行機を正立に戻す。
さらに上昇。
翼を傾けて周囲を見る。
一度半ロール。
下も確かめる。
煙の柱が五本。
もう一度半ロール。
上空を確かめた。
広い空がどこまでも続いている。
もう飛んでいるものはいなかった。
綺麗な空だ。雲もない。
少し上がってみようか。
無線のスイッチを入れた。でも、誰も連絡などしてこないだろう。一気に千まで上昇。

大丈夫、敵機はどこにもいない。

山の向こうに薄い雲がある。見えないのはそちらだけだった。

ああ、気持ちが良い。

なんて、素晴らしい。

躰中が熱かった。

でも、気温は低い。しかも空気が薄い。酸素マスクもしていない。いつまでもはいられない。

降りた方が良いだろうか。

どこへ向かって飛べば良いのかを、まだ聞いていなかった。

この飛行機に、もし二人乗れるのなら、フーコを乗せてやりたい、と思った。それとも、下にいる相良を乗せてやろうか。複葉機では上がれないような高さまで連れていってやりたい。そうすれば、きっと僕の気持ちが少しわかるだろう。

地上では考えもしないことを思い巡らせながら、僕はゆっくりと降下していった。

5

脚を折らないように気をつけて、ランディングした。優しく、そっと。格納庫のあたりで黒煙が上がっている。堤防の上には紺色のバンが四台駐まっていた。地上でも一悶着あったようだ。しかし、僕にはどうすることもできない。そんなことはもうどうだって良い、という気分だった。そう、空で充分に楽しめたし、僕はすっかり酔っていただろう。タキシングして、煙の方へ近づき、そこでエンジンを止めた。燃料はまだ七十パーセントも残っていた。フライト時間は、せいぜい二十分くらい。

もう一度空を見上げる。煙が空の半分を曇らせていた。

キャノピィを上げて、外の空気を吸う。風がほんの少し。汗に濡れた前髪が冷たい。ベルトを外して、主翼の上に出る。そして、地上へ飛び降りた。

バランスを崩し、前のめりになる。地面に手をついた。躰が傾いたままで、そのまま倒れそうだった。でも、我慢をして、呼吸を整えて、もう一度立ち上がった。ああ、やっぱり酔っているな、と思う。アルコールを飲んだみたいだ。もちろん、気分は悪くない。むしろ、その逆だ。

何人か近づいてきた。

前をじっと見るだけで、目が回りそうだったけれど、僕はそこで待った。

五人、それとも六人か。全員がヘルメットを被り、紺色の服を着ていた。ここにいた連中ではない。

堤防の上で車のドアがスライドして、中から一人出てきた。女だ。躰を少し横向きにして、傾斜した地面をこちらへ降りてくる。その間に、僕は何度も深呼吸をした。早くどこかに座りたかった。

しかし、僕を取り囲んでいる連中は黙っていた。こちらを睨んでいるふうだ。今気づいた。彼らは銃を持っている。

そうか、敵か。しかたがない。

もう撃たれて死んでも、惜しくはないな。

最後にあれだけ楽しい思いをさせてもらったのだから。

ようやく女が近くまでやってきた。長身で黒い上下のスーツだった。

僕の一メートル前に立つ。

彼女の顔を見た。

知っている顔だった。だけど、名前は思い出せない。

「見事だった」彼女は言った。「さすがだね」

「ありがとう」僕はとりあえず返事をした。

「散香に乗れることを約束する。私と一緒に、戻りなさい」

「本当ですか?」僕はきいた。

「約束する。今の飛行で、君の能力が戻っていることは証明された」

「ありがとうございます」僕は、片手を上げた。その自分の片手に驚いた。そうだ、敬礼をしようとしたのである。

僕は姿勢を正し、彼女に敬礼をした。

彼女も、軽く片手を上げて応えた。

「銃を下ろせ」彼女は振り返って命じた。

全員が銃を下ろす。一人が彼女のところへ歩み寄った。

「中にまだ一人残っています」ヘルメットを持ち上げて、男が報告する。

「サガラか？」

「はい、おそらく……。銃を持っていて、抵抗しています。どうしましょうか。爆破しますか？」

「許可する」彼女は頷いた。

「待って下さい。僕が行きます」僕は前に出た。「ほかの人たちは？」

男は答えない。

「中にいるのは、サガラ・アオイか？」女が僕にきいた。

「わかりません」僕は答える。正確に答えたつもりだ。「でも、僕の知合いです」

男が僕の前にきた。睨むような視線だった。

「抵抗した八人は、既に死亡した。もう、残っているのは女だけだ」

「こちらも、空で六人死んでいる」長身の女が平坦な口調で言う。僕が撃ち落とした飛行機のことだろう。

「戻って、中の様子を見てきます」僕は提案する。「降伏するように説得できるかもしれない」

「わかった」彼女は頷いた。「しかし、無理をする必要はない。彼女と君の命を比較すれば、今は君の方が大切だ」

男がさらに僕に近づき、腰に着けていた拳銃を抜いて、銃身に持ち替えてから差し出した。

「必要ありません」僕は首をふった。

「撃たれるかもしれないぞ」

「いいえ、大丈夫です」

格納庫の中は、崩れて半分が土に埋まっていた。瓦礫《がれき》が散乱している。倒れたフレームを跨《また》いで、僕は中に入っていった。

階段を上るまえに、壁に掛けられていたランプを手に取った。それを階段のステップに置き、周囲を確かめた。燃料が漏れていないか、匂いを嗅いだ。そして、ポケットからライタを取り出して、火をつけた。

頭痛がするけれど、もうふらつくようなことはない。階段を上り、暗闇の中を進む。

電気は切れていた。真っ暗闇だ。

「サガラ！」僕は叫んだ。

どこだろう？

部屋を順番に確かめることにした。

食事をした部屋には誰もいなかった。通路にも、人の気配はない。次に、リーダの男がいた部屋を見にいく。そこは爆発でほとんど崩れていた。床が濡れている。天井から水がまだ落ちていた。どうもこちらではない。

引き返して、トンネルを逆へ進んだ。

途中で道が分かれている箇所がある。片方は階段へ通じている。そちらは、地上の小屋へ出られるけれど、上は既に爆破されているだろう。

もう一つの道へ進んだ。

そうだ、下水路へ通じていて、遠くまで行ける、と彼女は話していた。もう逃げたのかもしれない。

しばらく進むと、少し広い空間に出た。丸いコンクリートの壁だ。下には水が流れているのだろうか。暗くてよくわからなかった。

「サガラ！」僕は呼んだ。

どちらかといえば、逃げていてくれることを祈り始めていた。その方が彼女には良いだろう、きっと。

「ここにいるわ」小声で彼女の声がした。すぐ下だ。

僕は、穴から出て、足を下に伸ばす。

もう一つ下に穴があった。

直径は一メートルほど。ランプを差し入れる。三メートルくらい奥に、彼女の白い顔が浮かんでいた。

「一人？」彼女がきいた。

「僕一人だ」

「上は、どうなったの？」

「君たちの仲間は全滅した」

「奴らは？」

「まだ上にいるよ」

「どうして、ここへ来られたの？」

「君を連れてくる、と言ったから」

彼女は目を閉じた。

沈黙。

その目が開く。

じっと、僕を見据えて。

「それは無理だわ」彼女は銃を持っていた。「もう、お終《しま》い。ここで死にます」

彼女は自分の頭の横に銃を突きつける。

「どうして、死ぬの？」僕はきいた。

「利用される。私の知識が」

僕は黙った。反論することはできない、と思った。

「あなたは、キルドレに戻った。その理由は、私しか知らない」

「戻った？」

「寝ている間に、検査をしたの」

「いつ、どこで？」

「ベッドで」

「ロフトの？」

「ええ。病院で注射をした結果を」

「え？　病院って？」

「覚えていない？　あなたが入院している病室へ私、訪ねていったでしょう？」

「覚えている」

「あのとき、注射をしました」

「ええ」

「その結果が、昨日わかった。私の理論に間違いはなかった」

「理論？」

「ごめんなさい、あなたで実験するしかなかったの。こうするしか道がなかった。これで、すべて、なにもなかったことになるわ。後始末ができて、満足しています。ただ、あなたの人生をこんなふうにしてしまったこと……、そのことだけは、本当に申し訳なく思っています」

「人生？」こんなふうって、何だろう、と僕は思う。

「普通の人間に戻りたい？　それともキルドレがいい？」

僕には、わからない。

そんな質問……。

「また、パイロットに戻るのね？」彼女は尋ねた。「また、飛行機に乗るのね？」

「たぶん」僕は頷く。

その質問ならばわかる。

「そうね、ええ、それが良いかもしれないな」

「それ以外にない」

「あなたは、あなたでなくなるかもしれない。それでも、あなたが選択した道だわ」

「僕は、いつでも僕だよ」

「ええ、そうね。きっと、それが正しい。私たちとは、基本的に違うんだわ」

「違わないと思う」僕は首をふった。

「今なら、一つ論文が書けそう」彼女は微笑んだ。「もう、遅いけれど」

「生きて出ることができる」

「いいえ、もう言わないで」

「この下水を抜けて、逃げることもできる。諦めるな」

「一緒に逃げてくれる？」

「それはできない」

彼女は僕を見て黙った。

僕は待つ。

彼女は一度瞬《またた》き、僕を見据えて言った。

「一つだけお願いがあります」

「何？」

「私を撃って」彼女は這いながら、前に出てきた。「銃を持っている？」

「持っていない」

「じゃあ、この銃で」

「撃てない。君を連れ出すと約束したんだ」

「自分で撃つのは、私の宗教に反します。それで、今までできなかった。お願い。この銃で私の頭を撃って。そして、その銃を私に握らせて。あなたに迷惑はかからない」

彼女は、僕に銃を手渡した。

彼女は横を向いた。そして小さく十字を切ってから、両手の指を組み合わせる。

「神の御許《みもと》に……」

僕は引き金に指を。

そして、力を入れた。

撃つ。

爆音。

火薬と煙。

永遠の一瞬。

彼女の躰は、奥へ弾かれた。

ああ、可哀相に、と思った。

そして、それは違う、と思った。

パイプの中に入り、銃を彼女の右手に握らせる。

顔を見ることはしなかった。

神はどこにいる？

ここが御許か？
気高い精神だった。
僕は敬礼をする。
ここは空ではない。
周囲は土。
彼女の躰は、横たわったまま、どこへも落ちていかない。
血が流れ出る。
綺麗な。
「おーい、どこだ？」上の穴から声が聞こえた。
僕は水路に出てから、上の穴によじ登った。
「こっちだ」
ランプを照らす。
音が聞こえた。
眩しいライトが光る。
「今の銃声は？」
「この下みたいだ」
ライトが近づいてきた。

僕は、後ろへ下がる。

男たちが穴から出て、すぐ下のトンネルを覗き込んだ。

僕は、上の穴から一人で戻った。

トンネルから出たところで、もう一人とすれ違った。

「向こうだ」と位置を教える。

格納庫へ出たとき、ようやく自然の光が見えた。

瓦礫を踏み越えて、外へ出る。眩しい。ランプの炎を消した。長身の女が僕を見つけて、こちらへやってきた。

「駄目でした」僕は報告した。

「そう……」彼女は短い溜息をついた。

「煙草を吸っても良いですか？」

「どうぞ。持っている？」

「ええ」

僕はポケットから箱を取り出し、一本を抜き取った。もう残りは少なかった。フーコの金で買った煙草だ。

ライタで火をつけた。

煙を深く吸い込んだ。

彼女の頭から流れ出た血の色を思い出した。

空を見上げて、中和させる。

「どうして、味方の飛行機を墜とした？」目の前の彼女がきいた。

「味方だとは知りませんでした」

「何故、わからなかった？」

「たぶん、薬のせいだと思います。今はすっきりとしていますが」

「うん、その返答でいい」彼女は頷いた。そして、少しだけ口もとを緩めた。「私は、君が生きていて嬉しい」

「生きているだけじゃなく、戦える機能として？」

彼女も煙草を取り出して、火をつけた。

「車へ」最初の煙を吐いてから、彼女はそう言って歩きだす。

「あの散香は？」僕はついていく。

「大丈夫、運び出す」

「飛ばせば、簡単です。運びましょうか？」

「いや、この近辺は、飛行禁止区域になる。今までの飛行はやむをえない緊急事態として処理できる。これから飛ぶのは、まずい。そろそろマスコミが嗅ぎつけて、やってくる」

「よくわかりませんが」

「私もよくわからない」彼女は立ち止まって、僕に笑ってみせた。今までで一番嬉しそうな顔だった。

僕の背中に彼女は片手を回して押した。茂みを抜け、さらに斜面を上がっていった。

空は青く明るい。

もう煙もほとんど消えていた。

浄化される、なにものも。

振り返ると、滑走路がよく見えた。散香が一機だけ。その近くに男が三人立っている。どうやって運ぶのだろう。ここまで大型トレーラを入れるつもりだろうか。

一方、土手の反対側には、男たちが二人いた。屋根が傾き、壁が崩れた小屋から、なにかを運び出していた。そこは、今朝、僕が煙草を吸うために出てきた場所だ。

煙を胸に吸い込んで、また吐いた。

体調がしだいに戻ってきた。

もう大丈夫そうだ。

頭もクリア。

この空のように、浄化されたのか。

堤防の道が、綺麗なカーブに見えた。もの凄く大きなリングの一部みたいに。

その先で、鳥が羽ばたいて上昇した。なにか摑んでいる。森の方へ低空を飛んでいく姿を、僕の目は追った。

「それにしても、どうして、こんなに回復できた？」彼女はきいた。まだ煙草を片手に持っている。手袋の指がそれを挟んでいた。この指の形を何度か目にした記憶がある。

それから、彼女の顔をじっと見ているうちに、思い出した。

「カイ……」僕は口にする。そう、それが彼女の名だ。

甲斐《カイ》は首を傾げた。

「たぶん……」回復ができたのは、相良亜緒衣の治療、そう、秘密の注射のせいだ。

「何？」

「いえ……、なんでもありません」

甲斐は鼻から息を漏らし、少し笑ったようだった。そう、そんな優しい顔で笑うのだ。

「さて……、報告書が大変だ」彼女は呟いた。「四機も犠牲になった。いったい誰が墜とした？　離陸して、たったの二十分で」

「散香です」僕は答えた。

彼女は笑い、煙草を投げ捨て、車の後部のドアを開けた。

僕も煙草を消した。

そして、車に乗り込んだ。

甲斐が横に座り、ドアを閉める。エンジンがかかり、すぐにスタートした。

僕は目を閉じた。

幻想を見たかった。

美しい空を飛んでいる夢を。

でも、駄目だった。もうなにも見えない。

暗闇だ。

ただ、車の不規則な揺れ、

そして、

貧弱なエンジン音が聞こえるだけだった。

「ブーメラン、飛んでいるか？」

耳の奥で、かすかに懐かしい声がする。

僕は耳を澄ませ、じっとその声を待った。

もう一度……。

epilogue

エピローグ

目を覚ますと、昨日と同じ朝が待っている。

でも、僕は、昨日と同じ僕ではない。

目を開けるまえに、その予感がある。

枝から枝へジャンプするリス、それともムササビみたいなもの。それが毎日の不連続。

停滞した毎日の不連続。

ベッドだった。

躰を動かすと、フレームの木が苦しげに軋《きし》んだ。目の前には合板。誰が書いたものなのか、落書きが読める。

撃て

撃とうと思うまえに

僕は少し笑った。起き上がって、靴を履く。紐を結んだ。それから、上着を羽織る。

ベッドの上段で寝ている奴を振り返って見た。毛布にくるまっているから、頭と足の先しか見えなかった。彼には毛布の長さが足りないのだ。よくこれで狭いコクピットに収まっていられる。

通路に出て、洗面所まで歩いた。窓は汚い。外には滑走路が見える。白く輝いていた。天気が良さそうだ。今日は、誰が飛ぶのだろう。

歯を磨いていたら、別室の同僚が一人出てきた。

「や」僕は挨拶した。

「やっぱり、ここは解散になるらしい」

「いきなり、やっぱりか」

「転属だぞ」彼は言った。目の上に小さな絆創膏を貼っていた。面皰《にきび》でも潰れたのだろうか。「どうする？」

「さあ。本当か？」

「いや、聞いたんだよ、昨日の夜」

「誰に？」

「寝てたのは、お前だけだ」

そうか、と僕も思った。

「まあ、半分もやられちゃったからなあ。しかたがない」彼はそう言ってから、冷たい水で顔を洗い始めた。絆創膏が剝がれるんじゃないか、と僕は心配になった。「明日か、明後日に、正式発表があるから、荷物をまとめておいた方がいいぞ」濡れた顔をタオルで拭《ぬぐ》ってから、彼は続けた。

「僕が寝ていたから、正式じゃなかったとか？」

「違う違う」

荷物なんてまとめるほど持っていない。

部屋に戻ってから、着替えをして、食堂へ出ていった。日が差し込んでいる窓の近くに座り、苦くて薄くて最低のコーヒーを飲んだ。

「寂しくなったね」エプロンをした老人が、厨房から出てきて言った。そして、壁の上に置かれているテレビのスイッチをつける。

べつに寂しくはなっていない。たまたま、みんな寝坊しているだけではないのか。

ああ、そうか……、昨日何人か帰ってこなかったから、そのことを言っているのか。

否、それとも、この基地がもう閉鎖になるという噂を聞きつけたのだろうか、と遅れて気づく。まだ、ぼんやりとして、僕の頭が回っていないことがわかる。

テレビでは、非武装地帯であった半年まえの戦闘について伝えていた。森の中に墜《お》ちた飛行機の残骸の一部が発見され、また、地下に残っていた設備も見つかった。最近のスクープの一つだった。若い女のレポータが、現地から報告をしている。その彼女が着ているオレンジのコートが、笑ってしまうくらい派手だった。

「サンタクロースか、ありゃ」老人も笑って見ている。

どうして、そんな場所で戦闘があったのかは発表になっていない。おそらく、抵抗勢力の制圧のために抜打ちで攻撃が行われたのだろう、との見方が強まっている、政府が数日中にも公式見解を発表する見込みだ、とキャスタは語った。

目撃者によれば、その日、低空で空中戦があり、川原から飛び立った一機の戦闘機が、飛来した四機を撃墜したという。その戦闘機は、川原の滑走路に戻ったものの、翌日には既に消えていたらしい。その映像はなかった。どんなタイプだったのだろう。僕はそれが一番見たかった。否、もっと見たいのは、その戦闘機に乗っていた奴だ。でも、テレビってやつは、一番見たいものは、コマーシャルで中断され、コマーシャルが終わっても、けっして見せてはくれない。

建物の外に出て、ゲートの守衛室の前に置かれている吸い殻入れまで歩いた。到着する少し手前で、歩きながら煙草に火をつけた。守衛の男が、こちらを見て、片手を上げて微笑んだ。名前は知らない奴だ。

僕はそこで煙草を吸った。空の半分が見える。もう半分は地面の裏側だ。今もどこかで、誰かが飛んでいるだろう。

煙を肺に補給したあと、僕はランニングをした。いつものコースだ。ゲートから出て、真っ直ぐに道路の下の小径を走る。道路といっても、車なんて滅多に通らない。小径の方も、誰も歩いていない。このあたりは、土地が平坦で見晴らしが良い。いくら走ってもちっとも風景が変わらないのが、ちょっと空と似ていて、それが面白い。

鉄橋が見える場所まで来る。高い樹が一列に並んでいるのは、きっと昔、誰かが植えたからだろう。穀物を入れるサイロが遠くに三つ立っているのが見える。畠は今はベージュの安物の絨毯《じゅうたん》みたいだ。

ここまで、だいたい基地から四キロくらいの距離だ。堤防の上まで一気に駆け上がって、そこで軽く体操をしてから、草の上に腰を下ろした。これも、いつものこと。ここから見える風景も大好きだ。

すぐ下にアスファルトの道路がある。小さな白いバンが駐まっていた。釣りをしにきているのか。それにしては、川原が少し遠い。もっと近づけるからだ。それとも、僕と同じようにジョギングだろうか。走っている奴なら、たまに見かけることがある。

バンのドアが開いて、男が一人で出てきた。ネクタイをしている。釣りやジョギングにネクタイなんて、少々変わった趣味といえるかもしれない。

僕の方へ上ってきて、途中で頭を下げ、微笑んだ。

「こんにちは」彼は言った。

まだ朝だから、おはようございますではないか、と僕は思う。

「あの、私は、こういう者です。是非お話が伺いたくて、ここで待っておりました」

名刺を受け取った。YA新聞社とあった。名前はなんて読むのかわからない。

「何のことですか?」僕は尋ねた。

「いえ、ちょっとしたインタビューです。こちらの基地に来られて、もうどれくらいですか?」

「半年くらいかな。でも……」もうすぐ転属になるかもしれない、という言葉は飲み込んだ。機密事項のうちだろう。

「そのまえは?」

「さあ……」僕は少し笑ったかもしれない。質問が可笑《おか》しかったからだ。どうして、こんな場所で、見ず知らずの人間にこんなことを尋ねるのだろうか。僕の方が質問をしたくなった。「あの、どうして、そんな質問を?」

「いえ、あなたの噂を聞いたので、取材に来ました」

「取材?」

「はい、もうずっと、パイロットの取材をしているのです」

「へえ……、僕の噂って?」

「新人なのに、凄《すご》い戦果を上げているって」

「そんなことないですよ」

「それに……」彼は、僕の顔をじっと見る。顔を移動させ、角度を変えて観察するのだ。

「どことなく、ある人に似ているんです。言われたことはありませんか？」

「いえ、誰にですか？」

「クサナギ・スイトです」

その名前は、なんとなく引っかかるものがあったけれど、しかし、聞いたことがなかった。僕はきょとんとしていただろう。言葉をなにも思いつかない。

「ご存じありませんか？」

「はい」

「そうですか、かつてのトップ・エースですよ」

「いや、あまり、そういうの、関心がなくて」

「パイロットだったら、憧れの存在なのでは？」

「どうかな。パイロットは、誰にも憧れませんよ、普通」

「いや、失礼しました。あの、私が話したことは、できれば、ここだけの話にして下さい。申し訳ありませんでした」

「何を謝られているのか、わからないなあ」

「私は、クサナギ・スイトをずっと追っていました。あ、つまり、取材をしていたのです」

「その人は、死んだのですか？」

「そう聞いていました。でも、半年ほどまえに突然、復帰しました」

「へえ」

「つい先日、スクープがあって、話題になったでしょう。非武装地帯であったという……」

「ああ、やっていますね、テレビで」

「あのとき、四機を落としたのが、クサナギ・スイトです」

「え？ あ、じゃあ、味方じゃないのですね」

「あのスクープをしたのが、実はこの私です。私は、彼女が飛ぶところを見ていました。写真も撮りました」

「見せて下さい、その写真を」

「ええ、お見せしたいのですが、残念ながら、社に置いてあったところ、押収されてしまったのです。フィルムごと全部」

「どうして？」

「ええ、それは、まあその、いろいろあるのです。殺されなかっただけでも、幸いでした」彼は口を歪《ゆが》めて笑った。本当のことを言っているのだろうか。頭がおかしいのではないか、と僕は少し疑った。「その後も、別の部署へ移されてしまって、だから今日も、休暇を取って、こちらへ来ました」

「ここへ来るよりも、そのクサナギ・スイトのところへ行ったらどうですか？　復帰したんでしょう？　どこにいるのか、わかっているのでしょう？」

「ええ、会ってきました」彼はそう言うと、僕をじっと見つめた。「ある基地の指揮官になっています」

　よくわからない、どうして、僕に会いに来たのだろう。似ているというだけで……。

「でも……」彼は、ゆっくりと首を左右にふる。「あれは、別人だ、クサナギ大尉ではない。見たところ、それらしいのですが、まったく別人です」

「へえ……」僕は少し笑ってしまった。あまりに彼が真剣な顔だったからだ。「だから？」

「だから、あなたに会って確かめようと」

「何をです？」

「あなたの方が、似ています」

「でも、僕は、その人じゃない」

「そうですか」

　僕は立ち上がった。もう戻ろうと思った。

「もういいですか？」

「あ、ええ、もし良かったら、また会っていただけませんか？」

「べつにかまいませんけど。でも、僕には、なにも話すようなことはない」

「ありがとう」男は一礼をした。

僕は斜面を上っていく。もう躰は充分に冷えていた。また、四キロを走って戻ろう。

「カンナミさん」下から呼ばれた。

僕は立ち止まる。

振り返ると、彼が土手を上ってくる。まだ、話があるようだ。僕は待ってやった。

「コードネームを教えてもらえませんか？」それが彼の質問だった。

「それはできません。ご存じでしょう？　機密事項です」

「すいません。そうでしたね」彼は微笑んだ。「では、あの、これをプレゼントさせて下さい」

彼は、上着のポケットに手を突っ込んだ。

取り出したのは、キーホルダだろうか、細い鎖に、折れ曲がった茶色のものがついていた。

僕はそれを手に取る。それは小さなブーメランだった。

顔を上げて彼の顔を見る。

彼も、僕をじっと見据えたまま動かなかった。

「信じてもらえないでしょうが、僕はあなたの……」彼は言う。

「え？」言葉が聞こえなかったので、きき返す。

「いえ」彼は頭を下げた。

そんなものいらなかったけれど、いちおう礼儀として受け取った。ポケットに入れて、僕は駆けだした。振り返らないようにした。

堤防から斜めに下りていく小径を一気に駆け下り、林の横を通って道路に出るまで、今度は緩やかに上っていった。

前方には、道。

下は地面。

上は空。

地球の半分は空だ。

今は、ただ、飛ぶことが待ち遠しい。

かなり走ってから、一度だけ振り返った。

堤防の上に男のシルエットがまだ見えた。

距離は五百は離れている。向こうはもう見えないかもしれない。

僕は、走りながらポケットに手を入れて、彼からのプレゼントを摑み出す。

そして、

すぐ横を流れていた用水に投げ捨てた。

本当にいらないものだ。

重くなるだけ。
飛ぶにも、
生きるにも、
軽い方がいい。
空には、軽いものだけが上がってくる。
自由なものだけが上がってくる。
待ってろ。
また、会おう。
また、踊ろう。
自由に。
美しい空で。
ブーメラン、飛んでいるか？

各章冒頭の引用はすべて、
THE GRASS HARP / Truman Capote
日本語訳はトルーマン・カポーティ『草の竪琴』
（大澤薫訳・新潮文庫）によりました。

解説

押井守

僕は幼い頃から、早く大人になりたい――早く大人になって、自分の自由な時間と世界を手に入れたいと考えて生きてきました。

大人になるという事は、ひと言で言えば、社会性を獲得する事です。

仕事を得て自分の力で食べてゆくことでも良いし、結婚して子供を作るという事でも良い。

自分以外の誰かと関わり、誰かの為に生きてゆく。

それが、大人になるという事だと思います。

オレを子供あつかいするな、オレは自由で独立した一個の人格だ――というのが僕の若い頃の主題であり、周囲の誰もがそうでした。

ところが、気がつくと世の中は子供のままでいたい人ばかりになっていました。昨今の流行であるニートやフリーターを例に挙げるまでもありません。僕の職場でも、四十を過ぎて独身の男はめずらしくなく、女性は女性で、自宅から職場に通い、結婚なんて数ある人生の選択肢のひとつでしかないらしい。

彼および彼女たちは、なぜ大人になろうとしないのでしょうか。

その答えは、おそらく「自由」という言葉の内実にあるのだと思います。

自分以外の誰か——他者との関わりを、自分の「自由」を制限し、制約するものと感じるのは、「自由」をある種の「状態」と捉えているからであり、その「自由」の内実とは、実は単なる「留保」に他なりません。それは他者との関係を留保し、社会との関わりを留保し、要するに人生そのものを留保することで維持される「状態としての自由」に過ぎない。

でも自由とはそういった「状態」のことを指すのではなく、本来は「行為」というレベルにおいて語られるべきものだった筈です。

何かから自由であるという状態ではなく、何かを為すための自由。

自由に選択し、自由に決断し、自由に行動する。

そのためにこそ、人は大人である——社会的存在である必要があった筈なのです。

自由に生きるためには、自分の決断や行動に責任を持つ必要があり、自分と関わる他者——家族や恋人や友人を守り、支えてゆく能力が要求されます。

それを面倒で煩わしいことだと考えるか、生きることの醍醐味《だいごみ》であり生きがいであると考えるか、それによって「自由」の意味は変わる筈です。

　はたして、大人とはそれほど不自由な存在なのでしょうか。

「スカイ・クロラ」の世界に登場するキルドレたちは大人ではありませんが、実は子供でもありません。

　大人になれないのではなく、大人にならない——自らの意思で大人たることを拒絶した彼らは、自己実現を為した、あるいは為そうとしたという意味において大人たる資格を有しています。ただ、その資格を社会的に行使することを拒んでいるに過ぎないのであって、謂《い》わば「自己否定した大人」であり、あるいは「成熟した子供」と呼ぶべきなのかもしれません。

　それは作者である森さんの独創であり、「スカイ・クロラ」という奇妙な世界に独特のリアリティを与える存在でもありますが、「自由」なるものの不自由さを考察するための優れた仮構であります。

　そして大人への成長を拒み、子供としての自己実現を目指して破綻してゆくキルドレたちは、かつての「怒れる若者たち」とは本質的に異なる新たな若者像でありながら、その一方で若者という概念を根本から覆す存在でもあり、その意味において二重に悲劇的な存在なのかもしれません。

それにしても――本来は自由であるべき大人がもっとも不自由な存在にしか感じられない時代、それがいまの時代だとするなら、その理由とはいったい何なのでしょう。

繰り返しますが、大人とはそれほど不自由な存在なのでしょうか。

子供としての自己実現、という仮構が成立するのなら、大人は大人としての再度の自己実現を仮構してみる――あるいは実行してみる必要があるのかもしれません。

どうせ先行きに希望もなく、可能性などという言葉に幻惑されることもない。

夢も希望もない大人なればこそ、それが可能なのかもしれないのですから。

大人になりたくない若者たちに、説教してる場合じゃありません。

最後に、森さんについてのお話をひとつ。

初めて訪れた森さんの邸宅は、広い庭にミニチュア鉄道が敷き詰められ、ガレージの中にある工作室は、古今東西の小さなおもちゃから巨大なラジコン飛行機まで、ありとあらゆる玩具で埋め尽くされ、さながら子供の王国とでもいうべき造作であり、まことに羨ましい限りの結構なお宅ではありました。

これはやはり森さんも子供なのかしらん、と思いつつ――いや、そんな単純な話である筈がありません。

大学で教鞭《きょうべん》を執り、作家として優れた業績を挙げた森さんが、子供なんぞであるわけがない。

これはつまり――自己実現を成し遂げた大人は、子供を演じられるほどに自由なのだと解釈すべきなのでしょう。

いや、本当の大人は子供を演じるどころか、子供になることだって出来るのです。

森さんが自ら運転する機関車に便乗して庭を自在に走りながら、やはり人は大人になるべきだ、と決意を新たにした次第です。

森さん、ありがとうございました。

2008/03/11

（おしい・まもる　映画監督）

巻末インタビュー

『クレィドゥ・ザ・スカイ』について

森 博嗣

インタビュア：清涼院流水

——本日は、英語版「スカイ・クロラ」シリーズの第五（最終）長編『クレィドゥ・ザ・スカイ』の完成を記念して、著者の森博嗣さんにお話を伺いたいと思います。この毎回恒例のインタビューでは、いろいろと新たな気づきや学びの機会をいただいて、とても感謝しています。森さん、いつもご協力いただき、ありがとうございます。本日も、どうぞよろしくお願いいたします。

森博嗣（以下、森）　毎年、年末になると、このメールインタビューに答えるので、また一年が過ぎたな、と感じます。五作で五年間。このような継続というのは、けっして簡単にできるものではありません。感謝とともに感嘆しております。もうあまり新鮮味はないかもしれませんが、今回もよろしくお願いいたします。

——森さんの思考は信じられないほど広く深いので、数回のインタビューでは、その片鱗《へんりん》を知ることさえ難しい、と、いつも感じております。万が一、読者の印象において内容の新鮮味が損なわれるようなことがあるとすれば、それは、インタビュア（＝本書の英訳者・清涼院流水）のご質問の方向性が偏ってしまったがゆえだと思います。そうならないように、できるだけ注意しながら、今回もご質問を始めさせていただきます。

既刊の巻末インタビューによると、このシリーズは第一長編『スカイ・クロラ』の映画化の話が持ち上がって続巻が出るようになり、当初は第五長編（本作品）で終わる予定だったのが、映画の遅れによって、出版社からの要請で最後に短編集『スカイ・イクリプス』を追加で書かれた、とのことでした。

森さんは、「本シリーズは、サービス精神の欠如から、大変わかりにくい部分があり」、そのため最後の短編集が「不備を補完するヒント的な」「参考書としての価値はあるのかな」とも、おっしゃっていました。たしかに、このシリーズは「キルドレ」という存在もあって、森さんの他のシリーズと比べても抽象度が高く、「わかりにくい部分」が多いのは事実だと思います。一方、森さんは、仕事と割り切って、読者が求めるであろう小説を書かれるスタンスを貫いたことでベストセラ作家となられました。このシリーズの「わかりにくい部分」を説明しすぎない点で妥協されなかったのは、読者は、そうした抽象性を求めているのでは、というお考えがあったのでしょうか。あるいは、すべてが明快にされる傾向の強いミステリィに対するアンチテーゼ的な意味合いも、あったのでしょうか。

森　そのいずれも、そのとおりに考えていました。抽象性は大事だし、必要ですし、また望まれてもいるはずです。この作品でも、もう少し抽象性を増した方が、さらに物語に厚みというか奥行きが出ることでしょう。そんなディープな世界を求めている人たちもいるだろう、と想像できます。でも、反面、さらにわかりにくくなりますね。

また、すべてを説明し切ってしまうミステリィのスタイルは、そのジャンル内では求められていても、一般的な読者にはかえって「作りもの」感を抱かせることが、古来指摘されてきたところでした。そういった型にはまらない新しさも、できれば創出したいと考えていました。

ただ、僕がこの作品に一番求めたものは、それらよりもリアリティでした。しかも、それは物語のリアリティではなく、主人公が感じる世界のリアリティです。主人公が見たもの、触れたもの、感じたもの、考えたものをリアルに書くことを最優先しました。主人公が興味を示さない方向へは視線は向きません。主人公が抱いているイメージこそがリアルであり、それ以上のものは存在しない。であれば、存在しないものは説明も描写もできません。

主人公がリアルに語れば、自《おの》ずとその世界がリアルに伝わるはずです。それは抽象的かもしれませんが、本質に近いものになるはずです。そう考えて書きました。

——なるほど。そのお話を伺うと、本書『クレィドゥ・ザ・スカイ』の中で主人公が突然、幻影を見る場面なども、とても納得できます。幻影の場面では主人公が現実とは違う風景を見ていますので、「物語のリアリティ」という視点で読むと現実を見失い首を傾げる読者がいるかもしれません。ですが、「主人公が感じる世界のリアリティ」だと考えれば、なにも矛盾はないわけですね。

　本書の英訳中に何度も思い返したのは、以前、英訳させていただいた「片方のピアス」（『地球儀のスライス』所収）という短編のことでした。あの短編でも、「この人は結局、誰だったのか」という問題が最大の謎となり、最後の最後まで、それを引っ張ります。謎が最後に解かれたとも、解かれていないまま曖昧《あいまい》にフェイドアウトしたとも解釈できるラストでしたが、森さんの中では明確な答えをお持ちでした。本作品でも、「この人は結局、誰だったのか」については、いくつも手がかりが示されていますので、森さんの中では明らかに答えは決まっていると思います。ただし、このシリーズについては、「キルドレ」の設定ゆえに、それが唯一の解答とは必ずしも断言できない面もあります。たとえば、この人物はＡであったという解答と、Ｂであったという解答が考えられる場合、作者である森さんの意図はＡであったとしても、読者がＢだと思ったまま読み終わることは特に問題ない、という著者のスタンスについての理解は間違っていないでしょうか。ミステリィの著者や読者は、「唯一の正解」にこだわられる方が多いような印象がありますが、森さんは、たとえ作者の中で正解はひとつでも、そうではないとも読めるような書き方をされることもあるように思えます。

森　その理解でけっこうだと思います。また同様に、それ以外の理解でも、問題はないと思っています。

たとえば、舞台で演じられる芝居を想像して下さい。僕は大道具を作ります。また、役者が着る衣装も作ります。それがどんなものなのか（材料が何で、どのような工程で作られるのか）は、正解があります。正解がなければ、作れないからです。しかし、そこで演技をする役者たちは、舞台装置などじっくり見ていません。ただ、そこに「世界」があると感じて、役を演じることでしょう。また、観客たちも、大道具だとは思わないし、衣装だって、間に合わせで作られたものだとは思いません。ただ、そこに物語という「世界」を見るのです。

演出家は、役者がどう演じるかも考えるでしょうし、観客がどう感じるかも予想します。勘違いしてしまう人もいるだろうし、そういった誤解も含めて誘導することになるでしょう。作者というのは、すべての世界を一人で作るのです。その世界は一つでなければ作れません。しかし、受け止められる世界は一つではないということです。

もう一つ例を挙げます。人形を作るときには、針金の骨格が必要かもしれないし、そこに粘土を練りつけて、形を造形します。服も作って着せることになります。それらすべてのプロセスには唯一の筋道があって、それが作者にとっては「正解」と呼べる手順です。ただ、完成したものを見る人には、針金の骨格は見えないし、粘土も意識されません。そこには、人形でもなく、生きているようなキャラクタが存在するだけです。ただし、作者は、大勢がその人形をどう感じるのかを予測するだけの膨大な思考時間を経験しています。したがって、予想外の受け止め方をされることは、まずありません。

どのように受け止められるかは、ほぼ予測ができます。少なくとも十通り以上の可能性を、作者は予測できるはずです。それらを、これが正解で、これは間違い、とつぶさに限定することは、「世界」に不要なディテールを加えるものです。たとえば、役者が着る衣装に、「これは寝巻ではありません」と但し書きをつけるような行為だからです。

「世界」のリアルを求めると、当然ながら、そのような多面的な造形にならざるをえません。作者の「意図」などというものは、その世界にとっては、人形の針金の骨格のように、結果的にはそれほど重要ではないのです。ただ、その骨格（意図）がないと作れない、というだけの話です。

端的にいえば、読者が感じたものがすべてであり、正解だということです。

——舞台や人形のたとえで、今まで以上に理解が深まったように思います。また、読者が感じるものがすべてであるからこそ、英訳させていただく際には、できるだけ著者が当初お考えになった「正解」に近づけたい、という気持ちも強まりました。英訳者の勝手な解釈で、まったくの別物になってしまうことは避けたいからです。

以前のインタビューで『ナ・バ・テア』や『フラッタ・リンツ・ライフ』における人物の正体をめぐるトリックについては、どちらも、森さんは、特に意図されたわけではなく、たまたまそうなった、と、お話しになっていました。ですが、本作のラストに待ち受けるシリーズ最大のサプライズのタネ明かしは、「たまたまそうなった」と考えるのは、さすがに無理があります。今回は、「僕は誰だ?」と何度も繰り返されたり、女性登場人物たちをわざと「彼女」とだけ表記したり、冒頭から周到に伏線が張られています。最後、コードネームのタネ明かしを最終章と epilogue で効果的に繰り返されているのは、明らかに意図的なミステリィ作家としての技巧だと思われます。また、本作結末のトリックは、単なるサプライズにとどまらず、完結編『スカイ・クロラ』の見え方がまったく変わってしまう、という意味において極めて重要です。既存シリーズの風景を根幹から揺るがすような、このようなサプライズを仕掛けられることを、森さんは、いつごろ思いつかれたのでしょう。本作の執筆時でしょうか。あるいは、数作前から構想されていたのですか。本日のインタビューのために、長編五作をすべて読み返してみたのですが、『ダウン・ツ・ヘヴン』の episode 4 の3のラストは、『クレィドゥ・ザ・スカイ』の布石とも読めました。また、完結編

『スカイ・クロラ』の epilogue も、『クレィドゥ・ザ・スカイ』の結末を示している、とも解釈することは可能です。

森　意図的ではなく、たまたまそうなった、というのは、僕の場合は、すべての作品で真実です。つまり、書いているうちに思いつくから、たまたまそうなった、という表現になります。書き始める以前から、こんな仕掛けをしよう、というふうに計画して書いたことは、一度もありません。

作品の前半に、そのような伏線がある場合は、そこを書いたときには、思いついていたからですし、また、それよりも書き進んでから思いついた場合でも、前に戻って書き直すことができます。ただ、脱稿した文章は、もう直せませんから、そうなるまえに思いつかないといけませんね。

ミステリィの場合、犯人は誰なのか、という主題を抱えた物語が多数です。また、叙述トリックのように、読者に誤読させるような仕掛けも一般的です。しかし、何作も続いたシリーズにおいて、いったい主人公は誰だったのか、というトリックは珍しいのではないでしょうか。

そのような物語になるかもしれないな、と思いついたのは、一作めを半分ほど書いた頃だったと思います。同じ頃に、キルドレのような（主人公が思い描く）幻想も思いつきました。初めからあった発想ではありません。このように、「もしかしてこうなるかもしれないな」という可能性が執筆中に生まれて、それらをいくつも持ったまま執筆を続けます。書き進めるうちに、使える可能性は絞られてきます。しかし、できるだけ多くの可能性を残すように書いていくと、まるですべてが伏線のような書きっぷりになるでしょう。そういう書き方をしています。

伏線はすべて綺麗に説明されなければならない、とは考えていません。何故なら、主人公にとって、伏線などどうでも良いものだし、また説明されない方がリアルだからです。

――森さんの作品、特にシリーズ作品は、いろいろと深読みできる要素があり、それが多くの読者、特に愛読者を魅了する点になっている、と以前から感じていました。今のお話を伺って、その秘密の一端を垣間《かいま》見ることができたように思います。そして、そうした森さんの創作スタイルが「スカイ・クロラ」シリーズでは特に功を奏して壮大な謎物語として結実していたのだと、改めて実感できました。

もう一点、長編五作を通読して、「これも伏線だったのではないか」と気になったことがありました。このシリーズの英訳者であるインタビュア自身、お恥ずかしいことに忘れていたのですが、『ナ・バ・テア』の終盤で草薙《クサナギ》がかかる医師の名前が相良《サガラ》なのは偶然でしょうか。あるいは、相良亜緒衣《アオイ》は、この医師と関係がある、と深読みしても良いものでしょうか。森さんが、「どのように読もうと自由です」というお考えをお持ちであることは存じておりますが、この相良については、自覚的なものか、単なる偶然の重複であるかが気になりました。

森　名前が同じであることは、偶然ではありません。これも、可能性を残す行為の一環です。

――やはり、偶然ではなかったのですね。「可能性を残す行為」というご説明で、ものすごく腑《ふ》に落ちました。その点をご確認させていただけて良かったです。

極めて抽象度の高い「スカイ・クロラ」シリーズの中でも、本書『クレィドゥ・ザ・スカイ』は、夢と現実が幾度も交錯し、「なにが現実で、なにが幻想か」の見極めが難しい部分もあります。森さんは昔、デヴィッド・リンチ監督の映画がお好きだと書かれていたことがありますが、現実と幻想が入り乱れるデヴィッド・リンチの作風の影響もあるのでしょうか。あるいは、それ以前から元々、幻惑的な世界がお好きだったのでしょうか。

森　僕の小説は、おおむね映画から影響を受けているといえると思います。何故なら、小説をほとんど読んでいませんから。ほかには、音楽からの影響も大きく受けています。たとえば、ピータ・ガブリエルなどは、そうです。

　そもそも、初期の小説、映画、音楽は、どれも綺麗に作られすぎていて、起承転結が決まっていて、それこそ伏線を綺麗に回収するというフォーマットが重んじられていました。おそらく、受け手が納得することが第一だと考えられていたからでしょう。でも、これだけ沢山の創作が世に出回っているのですから、そろそろ、もっとリアルに近いものを作っても良いのではないか、というふうに芸術はシフトしています。絵画なんか、具象画から抽象画になりましたよね。それと同じです。本質を抽出することが重んじられるようになったからです。僕が「リアル」といっているのは、見た目のリアルではありません。具象画よりも抽象画がリアルなのです。人が感じるものに近いという意味です。

何が現実で、何が幻想か、というのは、実のところ難しい問題です。人は自分が見て、感じるものを現実だと思い込みがちですが、もちろんそうでないことを、誰もがうすうす知っているはずです。そこが、小説がつけ入りやすい「読者の隙」だと思います。

——インタビュアは個人的に、子供の頃は抽象画の魅力が理解できず、具象画のほうが好きだったのですが、年を重ねて美術鑑賞が好きになってからは、むしろ抽象画に魅了されるようになりました。たしかに、「スカイ・クロラ」シリーズは、具象画ではなく抽象画のリアルだと感じられます。

キルドレたちが、自分の存在を見失いながら永遠にさまよい続ける世界には、慄然とさせられる面もあります。そのあたりは、押井守《おしいまもる》監督の『スカイ・クロラ』でも、重要なテーマとして描かれていました。作中でもメッセージとして何度も放たれている通り、「醜い大人たちにつくられた現実世界は、醜いものである」という前提があるとすれば、その中で美しく生きるには、やはり、なんらかの意味で「壊れる」しかない、と思われるでしょうか。ここで言う「壊れる」には、「社会の中では、きちんとした大人として生きていかねばならない、という常識に逆らう」といったニュアンスも含みます。

森　おっしゃるとおりです。そして、それが子供、あるいは若者の価値といえるものです。大人は例外なく全員がかつては子供でした。子供の価値を捨てて、大人になっているのです。大人の醜さを見ない振りをする、それが子供の価値を捨てる手段でした。ただ、どんな大人も、子供だった頃を忘れていません。いつも古傷のように持っているはずです。ある人は、それを大事にしていることでしょう。

大人から見ると、壊れることかもしれませんが、子供から見れば、それは作られないことに等しいでしょう。作られるまえの状態に価値があるわけです。

――「古傷」という表現は、まさに本質を言い当てていて、我が身を顧みました。その事実から見て見ぬフリや忘れたフリをする人も多いかもしれませんが、大人たちのすべてが、かつては子供でした。ほとんどの大人は成長するにつれて子供の価値を捨て、大人特有の醜さを受け容《い》れるようになっていくという事実を、このシリーズは読者に容赦なく突きつけてくれます。だからこそ、読んでいて心を揺さぶられるのでしょう。
ところで、第三長編『ダウン・ツ・ヘヴン』の巻末インタビューで、森さんは「小説を引用する場合は、九割は読んでいません」と、おっしゃっていました。本作で引用されているトルーマン・カポーティの『草の竪琴』も未読だったのでしょうか。未読の作品から引用される場合、未読でも作品の存在くらいは知っていた、というケースが多いのでしょうか。あるいは、リアル書店やオンライン書店で無作為に探されるのでしょうか。

森　読んでいません。ただ、本を捲《めく》りながら引用する文章を探す時間、これはせいぜい三〇分ほどですが、その間は読むことになります。文章全体を眺めて、引用しやすそうな文字列を映像的に探します。目に飛び込んでくる単語で、あ、ここが面白そうだ、と注目します。
　本も、ネット書店で、無作為に探して、タイトルなどから、直感的に選びます。本を選ぶ時間は五分ほどです。それを注文して、翌日に届いたら、ぱらぱらと捲って三〇分で消費します。以後、その本を開くこともありません。稀《まれ》に、引用文を決める三〇分の流し読みで、全体を通して読んでみたいな、と思う作品があります。これまでに、数作ですが。

――ご自身がかつて読まれた本から選択されるわけではなく、たくさんある情報の中から直感的に選ばれているからこそ、化学反応のような効果を生み出す面もあるのかもしれませんね。

　このシリーズに何度も出てくるＹＡ新聞社は、日本の大手新聞社である読売と朝日の頭文字ではないか、と、以前から想像していました。それに対し、本書で出てくる「ＮＢＡの病院」の「ＮＢＡ」も、なにか実在の名称をもじられたものでしょうか。『ナ・バ・テア』の頭文字と同じなので、なにか意味はあるのかな、と深読みしてしまいました。

森　新聞社も病院も、実際の組織には無関係です。そういった意図はありません。これは、僕の作品すべてに共通することだと思います。地名とか氏名とかの固有名詞も実際のものとは無関係ですし、意味を持たせることもまずありません。

――ＮＢＡは三文字ということもあり、なにか意味のある仕掛けなのかなと深読みしてしまいましたが、特に意味はない、と知ることができて、すっきりしました。ありがとうございます。

　本作で強く印象に残ったディテールのひとつとして、不祥事を起こした娼館の男が小指を詰めたエピソードが出てきます。これは、北野武《きたのたけし》監督の映画などでも日本のヤクザ独自の風習として世界に紹介されましたが、森さんも、失策したヤクザが小指を詰めるという風習を以前から奇妙に思われていたからこそ、このフィクションの中でも異様に思われるように書かれたのでしょうか。実際、ヤクザの風習を知らない海外読者には、どうして不祥事を起こすと小指がなくなるのかは、理解できないと思います。海外ではクレイジィだと思われている、侍のハラキリとも通じる話かもしれません。

森　これは、日本人ではない友人が、以前に話していたことに起因します。どういう意味があるのか、という素直な疑問でした。痛い思いをさせるためなのか、それとも、わかりやすい痕を残すことに意味があるのか、不自由な思いを一生させることが目的なのか、などと想像してしまいますよね。日本以外でも、これに似た風習がある国はいくつかあるようです。

――そのように疑問に思われていた海外のご友人がいらっしゃったのですね。だからこその描写だと理解できました。

このシリーズでは、「自殺するために拳銃を持ち歩いている」、「その拳銃で自分を撃って（殺して）ほしい」という話が幾度か出てきます。自殺や他殺の方法は他にも考えられると思いますが、拳銃という手段を選択されているのは、一発で決着がつく、その儚《はかな》さの中に、美を感じておられるのでしょうか。完結編『スカイ・クロラ』のepisode 5の6では、一瞬の中に永遠が感じられるような、儚いからこその美しさが感じられました。

森　拳銃での自殺というのは、拳銃を所有していないとできません。そういう意味で、現実からやや遠いところにあるものを選んだだけです。少なくとも日本では、子供が簡単に真似ができません。それだけの意味です。

僕は、自殺が絶対的に間違った行為だとは考えていません。ただし、衝動的にすることに対しては、いちおうは反対しています。

それでも、そういった作者のスタンスは、物語には無関係です。

戦闘機に乗る人は、一般人ではなく、戦闘員であり、兵士なのですから、拳銃を持っていることが自然だろう、というだけの設定です。実際には、拳銃でも刀でも、一瞬で殺傷することは難しく、儚さ（あるいは美）のようなものは存在しません。ただ、文章で表現する場合に、そういった儚さや美が、受け手の心に生じることはあるでしょう。

――拳銃についてお聞きしたのは初めてでしたが、お話を伺って納得でき、小道具として拳銃が選択されていることについての理解が深まりました。ありがとうございます。

最後に、森さんとインタビュアは作家としてのデビューが同年（一九九六年）で、当時からお互いのことを知っていましたが、初めてお会いしたのは二〇〇七年一〇月でした。森さんは、もうおぼえていらっしゃらないと思いますが、実は、その初対面の時、「ちょうど新刊が届いたので、あげます」と渡してくださったのが、ノベルス版の『クレィドゥ・ザ・スカイ』でした。そんな個人的な想い出もありまして、『スカイ・クロラ』からスタートした長編作品の英訳が、今回ついに『クレィドゥ・ザ・スカイ』にまで辿《たど》りつけたことには、大きな感慨があります。これも森さんのご協力あってのことですので、いつも心から感謝しています。本日も貴重なお話の数々をお聞かせくださり、本当にありがとうございました。次回、シリーズ最終作となる短編集『スカイ・イクリプス』も、何卒《なにとぞ》よろしくお願いいたします。

森　二〇〇七年ですか、そうでしたか。もっと以前から会っていたような気がします。作品は読んでいましたし、近い位置にいる作家さんだと認識していました。『クレィドゥ・ザ・スカイ』を手渡したなんて、全然覚えていませんでした。

まさか、清涼院さんが自分の作品の翻訳をされるとは、想像もしていませんでした。

世の中、わからないものですね。全然伏線がなかったように思います。

いつもありがとうございます。今後もよろしくお願いいたします。

二〇二一年一月　Cradle the Sky (English Edition) by The BBB　巻末インタビュー

（せいりょういん・りゅうすい　作家／The BBB編集長）

クレィドゥ・ザ・スカイ
Cradle the Sky

〈単行本〉
中央公論新社
2007年6月25日刊

〈新書判〉
C★NOVELS
2007年10月25日刊

〈文庫〉
中公文庫
2008年4月25日刊

新装版刊行にあたり、巻末に著者インタビュー
「『クレィドゥ・ザ・スカイ』について」を加えました。

本文デザイン
鈴木成一デザイン室

中公文庫

新装版《しんそうばん》

クレィドゥ・ザ・スカイ

――Cradle the Sky

2008年4月25日　初版発行
2023年1月25日　改版発行

著　者　森《もり》　博《ひろ》　嗣《し》

発行者　安部　順一

発行所　中央公論新社
〒100-8152　東京都千代田区大手町1-7-1
電話　販売 03-5299-1730　編集 03-5299-1890
URL https://www.chuko.co.jp/

DTP　ハンズ・ミケ
印　刷　大日本印刷
製　本　大日本印刷

Published by CHUOKORON-SHINSHA, INC.
Printed in Japan　ISBN978-4-12-207311-1 C1193

定価はカバーに表示してあります。落丁本・乱丁本はお手数ですが小社販売部宛お送り下さい。送料小社負担にてお取り替えいたします。

各書目の下段の数字はISBNコードです。978-4-12が省略してあります。

中公文庫既刊より

も-25-15
新装版 スカイ・クロラ The Sky Crawlers　森　博嗣
大人になれない僕たちは、戦闘機に乗り戦うことしかできないのだ——永遠の子供「キルドレ」が請け負う戦争。生死の意味を問う傑作シリーズ。〈解説〉鶴田謙二
207212-1

も-25-16
新装版 ナ・バ・テア None But Air　森　博嗣
伝説の撃墜王は戦闘機乗りには珍しい大人の男。彼とともに出撃する喜びを覚えるキルドレのクサナギは……クサナギ・スイトの物語序章。〈解説〉吉本ばなな
207237-4

も-25-17
新装版 ダウン・ツ・ヘヴン Down to Heaven　森　博嗣
女性でキルドレのエースパイロットという話題性から広報に使われ、鬱屈した日々を送るクサナギ。ショー化した戦争を生きる子供たちの物語〈解説〉室屋義秀
207264-0

も-25-18
新装版 フラッタ・リンツ・ライフ Flutter into Life　森　博嗣
戦闘機乗りのクリタは地上の澱んだ空気にうんざりしている。だが上司のクサナギの幼馴染みの研究者と出会ったことから——物語急展開！〈解説〉荻原規子
207286-2

も-25-9
ヴォイド・シェイパ The Void Shaper　森　博嗣
世間を知らず、過去を持たぬ若き侍。彼は問いかけ、思索し、剣を抜く。強くなりたい、ただそれだけのために。ヴォイド・シェイパシリーズ第一作。〈解説〉東えりか
205777-7

も-25-10
ブラッド・スクーパ The Blood Scooper　森　博嗣
立ち寄った村で、庄屋の「秘宝」を護衛することになったゼン。人を斬りたくない侍が、それでも刀を使う理由とは。ヴォイド・シェイパシリーズ第二作。〈解説〉重松　清
205932-0

も-25-11
スカル・ブレーカ The Skull Breaker　森　博嗣
侍の真剣勝負に遭遇、誤解から城に連行されたゼンを待つ、思いがけぬ運命。若き侍は師、そして己の過去に迫る。ヴォイド・シェイパシリーズ第三作。〈解説〉末國善己
206094-4

も-25-12
フォグ・ハイダ The Fog Hider
森　博嗣
ゼンを襲った山賊。用心棒たる凄腕の剣士は、ある事情を抱えていた。「守るべきもの」は足枷か、それとも……。ヴォイド・シェイパシリーズ第四作。〈解説〉澤田瞳子
206237-5

も-25-13
マインド・クァンチャ The Mind Quencher
森　博嗣
突然の敵襲。絶対的な力の差を前に己の最期すら覚悟しながら、その美しさに触れる喜びに胸震わせ、ゼンは剣を抜く。ヴォイド・シェイパシリーズ第五作。〈解説〉杉江松恋
206376-1

も-25-14
イデアの影 The shadow of Ideas
森　博嗣
主人と家政婦との三人で薔薇のパーゴラのある家で暮らす「彼女」。彼女の庭を訪れては去っていく男たち。知性と幻想が交錯する衝撃作。〈解説〉喜多喜久
206665-6

も-25-6
森博嗣の道具箱《TOOL BOX》 The Spirits of Tools
森　博嗣
人がものを作るときの最も大きなハードルとは、それを作る決心をすることだ――小説執筆も物作りの一つと語る著者が、その発想の原点を綴る。〈解説〉平岡幸三
204974-1

よ-25-1
TUGUMI
吉本ばなな
病弱で生意気な美少女つぐみと海辺の故郷で過した最後の日々。二度とかえらない少女たちの輝かしい季節を描く切なく透明な物語。〈解説〉安原　顯
201883-9

よ-25-2
ハチ公の最後の恋人
吉本ばなな
祖母の予言通りに、インドから来た青年ハチと出会った私は、彼の「最後の恋人」になった……。約束された至高の恋。求め合う魂の邂逅を描く愛の物語。
203207-1

よ-25-3
ハネムーン
吉本ばなな
世界が私たちに恋をした――。別に一緒に暮らさなくても、二人がいる所はどこでも家だ……互いにしか癒せない孤独を抱えて歩き始めた恋人たちの物語。
203676-5

よ-25-4
海のふた
よしもとばなな
ふるさと西伊豆の小さな町は海も山も人もさびれてしまっていた。私はささやかな想いと夢を胸に大好きなかき氷屋を始めたが……。名嘉睦稔のカラー版画収録。
204697-9

各書目の下段の数字はISBNコードです。978－4－12が省略してあります。

よ-25-5
サウスポイント
よしもとばなな
初恋の少年に送った手紙の一節が、時を超えて私の耳に届いた。〈世界の果て〉で出会ったのは……。ハワイ島を舞台に、奇跡のような恋と魂の輝きを描いた物語。
205462-2

よ-25-6
小さな幸せ46こ
よしもとばなな
最悪の思い出もいつか最高になる。両親の死、家族や友との絆、食や旅の愉しみ。何気ない日常の中に幸せを見つける幸福論的エッセイ集。タムくんの挿絵付き。
206606-9

お-65-1
西の善き魔女Ⅰ セラフィールドの少女
荻原　規子
舞踏会の日に渡された亡き母の首飾り。その青い宝石は少女を女王の後継争いのまっただ中へと放り込む。少女フィリエルの冒険が始まった。〈解説〉坂田靖子
204432-6

お-65-2
西の善き魔女Ⅱ 秘密の花園
荻原　規子
貴族のたしなみを身につけるべく、修道院附属学校に編入したフィリエル。清らかなはずの学園にはしかし乙女たちの陰謀が渦巻いていた。〈解説〉酒寄進一
204460-9

お-65-3
西の善き魔女Ⅲ 薔薇の名前
荻原　規子
幼なじみルーンと我が身の安全のため、フィリエルは王宮へ。冷酷な謀りごとが渦巻く宮殿で奮闘するフィリエルだがルーンは背を向け闇へと姿を消してしまう。
204484-5

お-65-4
西の善き魔女Ⅳ 世界のかなたの森
荻原　規子
竜退治の騎士が王宮を発った。フィリエルはルーンへの想いを胸に秘め騎士団の後を追う。竜の森でフィリエルと騎士団が出会ったものは……。南方冒険篇。
204511-8

お-65-5
西の善き魔女Ⅴ 銀の鳥 プラチナの鳥
荻原　規子
隣国と帝国の紛争の火種を探るため、十六歳の女王候補がおしのびの旅に出る。山脈を越え砂漠の向こう、オアシスの国へ。異教徒たちの街が魅せる西方冒険篇。
204537-8

お-65-6
西の善き魔女Ⅵ 闇の左手
荻原　規子
南の地には東の帝国からの侵略軍が――グラールの危機に、女王と対峙するため神殿へ向かうフィリエル。わらべ歌や童話に隠された「世界」の秘密とは？
204567-5

お-65-7
西の善き魔女Ⅶ　金の糸紡げば
荻原　規子
八歳の少女の前にあらわれた、おかしな少年。とまどいながらも心を通わせていく二人……フィリエルとルーンの出逢いを描く、四季の物語。〈解説〉酒寄進一
204596-5

お-65-8
西の善き魔女Ⅷ　真昼の星迷走
荻原　規子
ルーンは世界の果ての壁へ、フィリエルは北極の塔へ。吟遊詩人に導かれ、それぞれの危険すぎる旅がはじまった――大人気シリーズ完結！〈解説〉菅野よう子
204627-6

お-65-9
これは王国のかぎ
荻原　規子
失恋し、泣き疲れて眠って目覚めたら、そこは――アラビアンナイトの世界に飛び込んだ中学生・上田ひろみ。不思議な力を持つ「魔神族」としての旅が始まる！
204811-9

き-40-1
化学探偵Mr.キュリー
喜多　喜久
周期表の暗号、ホメオパシー、クロロホルム――大学で起こる謎を不遇の天才化学者が解き明かす!!　至極の化学ミステリが書き下ろしで登場！
205819-4

き-40-2
化学探偵Mr.キュリー2
喜多　喜久
過酸化水素水、青酸カリウム、テルミット反応――今日もMr.キュリーこと沖野春彦准教授を頼る事件が盛りだくさん。大人気シリーズ第二弾が書き下ろしで登場！
205990-0

き-40-4
化学探偵Mr.キュリー3
喜多　喜久
呪いの藁人形、不審なガスマスク男、魅惑の《毒》鍋――学内で起こる事件をMr.キュリーが解き明かすが、今回、彼の因縁のライバルが登場して⁉
206123-1

き-40-5
化学探偵Mr.キュリー4
喜多　喜久
Mr.キュリーこと沖野春彦が、なんと被害者に⁉　事件に立ち向かったのは春ちゃんラブのイケメン俳優・美間坂剣也。新たな名探偵、誕生か⁉
206236-8

き-40-6
化学探偵Mr.キュリー5
喜多　喜久
化学サークルの「甘い」合成勝負、サ行の発音があやうくなる《薬》。そして沖野と舞衣は、理学部地下の冷蔵室に閉じ込められた。この窮地に沖野は――？
206325-9

各書目の下段の数字はISBNコードです。978－4－12が省略してあります。

き-40-7
化学探偵Mr.キュリー6　喜多喜久
沖野春彦が四宮大学に来て三年半。未だ研究のメインテーマを決められずにいた。そんな中、研究室に「ギフテッド」と呼ばれる天才少女が留学してきて？
206411-9

き-40-9
化学探偵Mr.キュリー7　喜多喜久
シリーズ累計50万部突破！　Mr.キュリーこと沖野春彦の推理に《化学反応》を受けた人物たちが織りなす、個性豊かな7色のミステリが登場です！
206529-1

き-40-11
化学探偵Mr.キュリー8　喜多喜久
大学内で撮影された爆破動画。理学部の排水から検出した覚醒剤。そして研究室で体調を崩す学生、その意外な原因を沖野と彼のライバル・氷上が探る。
206745-5

き-40-13
化学探偵Mr.キュリー9　喜多喜久
四宮大学で舞衣が沖野と出会って丸二年。今年も奇妙な相談が寄せられる中、あの人気「化学ドラマ」を沖野が監修することになり？
206869-8

き-40-15
化学探偵Mr.キュリー10　喜多喜久
小国の王子に舞衣がプロポーズされた⁉　一方、沖野も海外の科学研究所にスカウトされて……。第十弾は波乱ずくめの長編作！　文庫書き下ろし。
207067-7

き-40-8
死香探偵　尊き死たちは気高く香る　喜多喜久
「キュリー」シリーズ著者・喜多喜久の新たな化学ミステリ登場！　分析オタクのイケメン准教授×死の香りをかぎ分ける青年が不審死事件を《嗅ぎ》解く！
206508-6

き-40-10
死香探偵　連なる死たちは狂おしく香る　喜多喜久
人気作家のサイン本に一冊だけ付いたチョコレートの死香の謎など、分析フェチの准教授×死の香りを嗅ぎ分ける美青年の〈匂い〉に特化した化学ミステリ！
206693-9

き-40-12
死香探偵　哀しき死たちは儚く香る　喜多喜久
未解決事件を匂いで「嗅ぎ解いて」きた潤平と風間。ある日、潤平が特殊な薬品をかけられ嗅覚を失ってしまい⁉　人気作第三弾！
206850-6

き-40-14
死香探偵 生死の狭間で愛は香る 喜多喜久

風間と同居することになった潤平。だがセキュリティーの高いマンションに、不審な死香が付着した郵便物が？ 人気シリーズ第4弾！ 文庫書き下ろし。

207015-8

き-40-16
死香探偵 真心は捧げられた死と香る 喜多喜久

「死香」研究のため同居する風間と潤平。だが風間は姉に「潤平を研究材料だと考えている」と指摘され……。人気シリーズ第五弾は波瀾の予感？

207180-3

き-40-3
桐島教授の研究報告書 テロメアと吸血鬼の謎 喜多喜久

拓也が構内で出会ったのは、若返り病を発症したというノーベル賞受賞者・桐島教授。病気解明の手伝いを依頼された途端、《吸血鬼事件》に遭遇し――⁉

206091-3

ほ-20-1
2030年の旅 恩田陸／瀬名秀明／小路幸也／支倉凍砂／山内マリコ／宗田理／喜多喜久／坂口恭平

東京オリンピックからさらに十年後。この国はどのように変わっているのだろう。恩田陸ら八人の豪華作家陣が紡ぐ、文庫オリジナルアンソロジー。

206464-5

か-91-1
カンブリア 邪眼の章 警視庁「背理犯罪」捜査係 河合莞爾

この能力ってあることに限り絶大な効果がある。それは犯罪です。「理に背く力」を使う犯罪者に立ち向かう、二人の刑事の運命は？

206849-0

か-91-2
カンブリアⅡ 傀儡の章 警視庁「背理犯罪」捜査係 河合莞爾

都知事選の有力候補者が立て続けに事故死した。そこに「能力者」の存在を感じた尾島と閑谷は捜査を進めるが、思わぬ障害が……？ 文庫書き下ろし。

207077-6

え-21-1
巡査長 真行寺弘道 榎本憲男

五十三歳で捜査一課のヒラ捜査員――出世拒否×バツイチ×ロック狂のニュータイプ刑事登場。圧倒的なスケールの痛快エンターテインメント！〈解説〉北上次郎

206553-6

え-21-2
ブルーロータス 巡査長 真行寺弘道 榎本憲男

真行寺弘道は、五十三歳で捜査一課ヒラ刑事という変わり種。インド人の変死体が発見され、インドを専門とする若き研究者・時任の協力で捜査を進めると……。

206634-2

各書目の下段の数字はＩＳＢＮコードです。978－4－12が省略してあります。

え-21-3
ワルキューレ 巡査長 真行寺弘道
榎本憲男
元モデルだという十七歳の少女・麻倉瞳が誘拐された。真行寺刑事は、評論家デボラ・ヨハンソンの秘書を務める瞳の母に、早速聞き込みを始めたが――。
206723-3

え-21-4
エージェント 巡査長 真行寺弘道
榎本憲男
「令和」初の総選挙当日――。首相の経済政策を酷評し躍進する新党に批判的な男が、騒動を起こす。現場に居合わせた真行寺は騒ぎに巻き込まれるが……。
206796-7

え-21-5
インフォデミック 巡査長 真行寺弘道
榎本憲男
二〇二〇年、新型ウイルスが世界を席巻する。真実が不透明な中、人々は不確かな情報に「感染」。真行寺は捜査一課長からの密命を帯び……。文庫書き下ろし。
206986-2

た-85-1
煌《こう》夜《や》祭《さい》
多崎礼
ここ十八諸島で、冬至の夜、語り部たちが語り明かす「煌夜祭」。今年も人と魔物の恐ろしくも美しい物語が語られる。読者驚愕のデビュー作、ついに文庫化！
205795-1

た-85-2
叡智の図書館と十の謎
多崎礼
古今東西の知識のすべてを収める人類の智の殿堂。鎖に縛められたその扉を開かんとする旅人に守人は謎をかける。知の冒険へ誘う意欲作！ 文庫オリジナル。
206698-4

た-85-3
夢の上 夜を統《す》べる王と六つの輝晶《きしょう》1
多崎礼
六つの輝晶は叶わなかった六人の夢。翠輝晶は語り出す。死影を宿すアイナと王子アライスの出会いが生んだ壮大な夢を。C★NOVELS『夢の上1』改題。
206836-0

た-85-4
夢の上 夜を統べる王と六つの輝晶2
多崎礼
紅輝晶が秘める復讐の夢。光神王を暗殺せんと後宮へ入ったハウファは王の子アライスを産む。だが同じ日、第一妃にも王子が誕生していた。二人の王子の運命は。
206852-0

た-85-5
夢の上 夜を統べる王と六つの輝晶3
多崎礼
太陽姫と崇められ、人々の夢を担うアライスは、ついに光神サマーアを打ち砕き、王国に青空は戻る。だが、彼女の秘めた無垢なる願いは……。シリーズ完結！
206871-1